STYLE
PLAY>

스타일 플레이

초판 인쇄 2008년 9월 29일
초판 발행 2008년 10월 6일

글 · 일러스트	이윤정
펴낸이	정민영
기획	고미영 주상아
책임편집	고미영
LOVE 사진	김명미
TRAVEL 사진	EE
디자인	안녕 연구소
마케팅	최정식 정상희 이숙재

펴낸곳	(주)아트북스
출판등록	2001년 5월 18일 제406-2003-057호
브랜드	앨리스
주소	413-756 경기도 파주시 교하읍 문발리 파주출판도시 513-8
전화	031-955-8888 관리부 031-955-2642 편집부
팩스	031-955-8855

ISBN 978-89-6196-018-2 03810

앨리스는 (주)아트북스 출판 브랜드입니다

이윤정의
스타일 플레이

앨리스

RE

매일을 새롭게 만들어주는 나의 아이라인

Intro

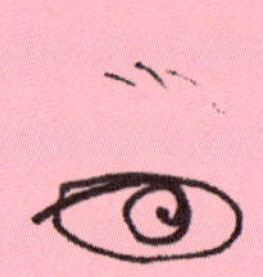

"나도 너처럼 아이라인을 그려보고 싶어."
내가 만나는 50퍼센트의 여자들이 하는 말.
그리고 나의 대답.
"내 눈이 아니면 그렇게 되지 않아."

나는 참으로 콤플렉스가 많은 아이였다. 보통 아이들보다 체구도 유난히 작고, 눈코입도 작고, 나는 모든 게 다 작았다. 아무리 손을 뻗어 나를 알리려 해도 발탁되어 대답 한 번 제대로 해본 적이 없다. 속에 부글거리는 용 한 마리를 품고 있는 나 같은 사람에게는 굉장히 불행한 일이었다. 너무나 평범하고 작은 나의 외면은 안에서 꿈틀거리며 튀어나오려는 용의 기운을 감당할 수가 없었다.
나는 나를 알리려는 수작을 어떻게든 부려야 했다. 샤워를 하고 난 후 욕실에 뜨거운 김이 모락모락 피어오를 때, 뿌옇게 나를 가려놓는 거울을 미친 듯이 닦아내고는 외친다. "너는 누구냐!"
사실은 네가 보는 것보다 난 대단히 위대하고 멋진 사람이라는 것을 실천해야겠다는 생각을 매번하면서 이 밀가루 반죽 덩어리를 어떻게 포장할 것인지에 대해 많은 고민을 해야만 했다.

나는 내 눈에 희망을 걸기로 했다. 말을 어느 정도 하기 시작한 대여섯 살 즈음부터 나는, 길고 고된 여정에 막 나선 신입 게이샤처럼 무슨 큰 의식이라도 치르는 듯 화장대 거울 앞에 무릎을 꿇고 앉아 메이크업을 하던 엄마 옆에 꼭 붙어 있곤 했다. 가끔은 엄마의 아이라인을 뚫어져라 바라보던 그때의 내가 지금의 나를 만들어놓았다는 생각도 한다. 당시에는 지금처럼 붓 타입의 간편하고 지워지지 않는 워터 프루프(water proof) 아이라이너 따위는 없었기 때문에, 먹물의 효과를 내는 샤넬이나 랑콤의 물감 팔레트가 엄마의 눈매를 아름답게 만드는 일등공신이었다.

"윤정아 물 한 방울."

나는 조그만 발을 잰걸음으로 움직여 화장실에서 엄마의 경대까지 팔레트에 담은 물이 쏟아질새라 정말 세상에서 가장 조심성 많은 아이가 되어, 엄마에게 배달해주곤 했다. 엄마 또한 나의 이 진지함에 화답이라도 하듯 꽤 긴 시간을 마법 눈매 만들기에 집중했었다.

나는 팬티를 입듯 아이라인을 그린다. 중요한 건 내면이라지만, 솔직히 외형이 얼마나 많은 일을 하는지 알고 있기 때문이다. 나같이 흐리멍텅하게 생긴 사람은 살면서 이에 대해 이미 여러 교훈을 얻은 상태이다. 너무 예쁘거나 강하게 생겨서 힘든 사람도 있겠지만 말이다. 나는 내가 해온 모든 일의 공을 아이라인에게 돌리고 싶다. 물론 그때문에 갖지 못하고 잃어버린 것들이 분명 있겠지만. 그래도 내가 택한 얼굴이니 그로 인해 일어난 사건에 대해서는 최선을 다해 감수하려 한다.

성인이 된 후부터 나는 얼굴을 도화지 삼아 많은 아트워크(art work)를 하곤 했다. 매일 바꿀 수 있는 도화지를 내 몸이 갖고 있다는 건, 얼마나 멋진 일인지 모른다. 모든 사람에게는 자신에게 맞는 도화지가 있다. 취향대로 마음대로 그려낼 수 있는 도화지를 이용해 세상을 상대하는 건 또 얼마나 재밌는 일인가. 상대방의 반응을 바꿀 수도 있는 신비한 능력과 힘의 원천이기도 하다. 매일매일 나의 도화지에 새롭게 그려보자. 그것은 우리 안에 숨은 괴력을 표현하는 방법이니까 말이다.

re

다시
거듭하여
새로

contents

하고 싶은 거
다 ——— 하면서 사니 좋겠다

나는 이 말을 정말 많이 듣는다.
그럴 때마다 의아한 생각에
되묻는다.

"하고 싶은데 왜

안 하는 거죠?"

돌아오는 답변의
대부분은

너도 결혼해봐
애 낳아봐
직장생활해봐
돈 없어봐라

그게 마음대로 되나

인생에 불만이 그렇게 많은데,
모두들 어떻게 살아가고 있는 걸까?

'너도 결혼해봐'
잠깐, 할 말 있어

나도 결혼하고 싶어,
그런데 아직 기회조차 없었는 걸.

잠깐, 할 말 있어

엄마가 된다는 것, 생각해보지 않은 건 아냐.
그럴수록 막막하기만 한 미래를 내 아이와 함께 할 수는 없다라는
생각에 나 역시 답답해.

'너도 직장생활해봐'

잠깐, 할 말 있어

프리로 일하는 내가 프리해보여? 정기휴일도 여름휴가도 월급도
없는데?
나만 바라보는, 먹여 살려야 할 가족이 있는 것도 아니니까
정말 돈을 벌어야 할 의무가 없어서 좋겠다고 할지 모르겠어.
그거 알아? 생활이 프리하면, 경제도 프리해져.

'너도 돈 없어봐라'
ㄴ

이건 나랑 같네.

"네가 부러워, 따라하고 싶어"
그런 생각 따위
이제 멈춰

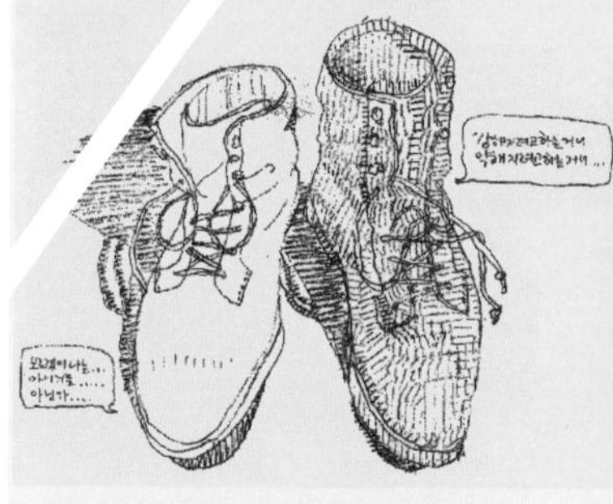

인생의 불만은 세상의 편견에서 자유롭지 못해 생기는 게 아닐까? 나는 '예전에는 가수였다가 지금은 스타일리스트로 변신해, 매우 프리하게 제멋대로 잘 사는 이윤정'이라는 편견에서, 그리고 우리 모두는 '다른 사람들의 시선'에서.

그리고 반드시 그렇게 살아야 할 것 같은 표준의 삶에서 말이다.

모든 삶에는 각자가 누리는 딱 그만큼의 고충이 있는 것 같다. 내가 마음대로 자유롭게 사는 것처럼 보이는 건 '생각의 차이' 때문일지도 모른다.

나는 세상이 정해놓은 틀 같은 건 없다고 생각한다. 그렇지 않으면 두려움에 아무것도 시도하지 못할테니까. 선을 긋는 건 불법금지구역을 여러 개 만들어놓는 셈이다.

왜 우리는 남들과 같아야 한다고 생각할까. 복사본이 전염병

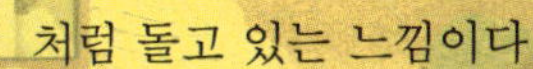

처럼 돌고 있는 느낌이다.

내가 제멋대로 잘 사는, 아니 잘 사는지는 모르겠지만 잘 노는 것처럼 보이는 이유는 아주 간단하다.

내 인생에서 다른 사람의 시선을 거둬내고, 다른 사람의 인생을 부러워하는 것을 멈추고, 나만의 이미지를 떠올리며 그 달콤함과 행복에 대해 생각하기 때문이다.

물론 이런 행복을 쟁취하기 위해서는 타인들의 질투어린 시선을 이겨낼 강심장이 필수지만 말이다. 비난받을 것이 무서워서 아무것도 안 할 수는 없다는 게 내

생각이다. 남들이 내 행복을 책임질 것도 아닌데. 타인의 시선은 우리의 불행을 위해 존재하는 건지도 모른다.

타인의 시선을 지우고, 지금까지의 네 생각의 흐름을 잠깐 멈추고, 나를 다시 바라보자! 세상의 편견이 지워진 내 안에서 무언가가 꿈틀거리기 시작할 것이다. 막 태어난 아기처럼 솔직하고 대담한 나만의 생각과 몸짓을 만들어보자. 거기서부터가 시작이다.

용기를 내!

하고 싶은 거
다 ——— 하면서

살자

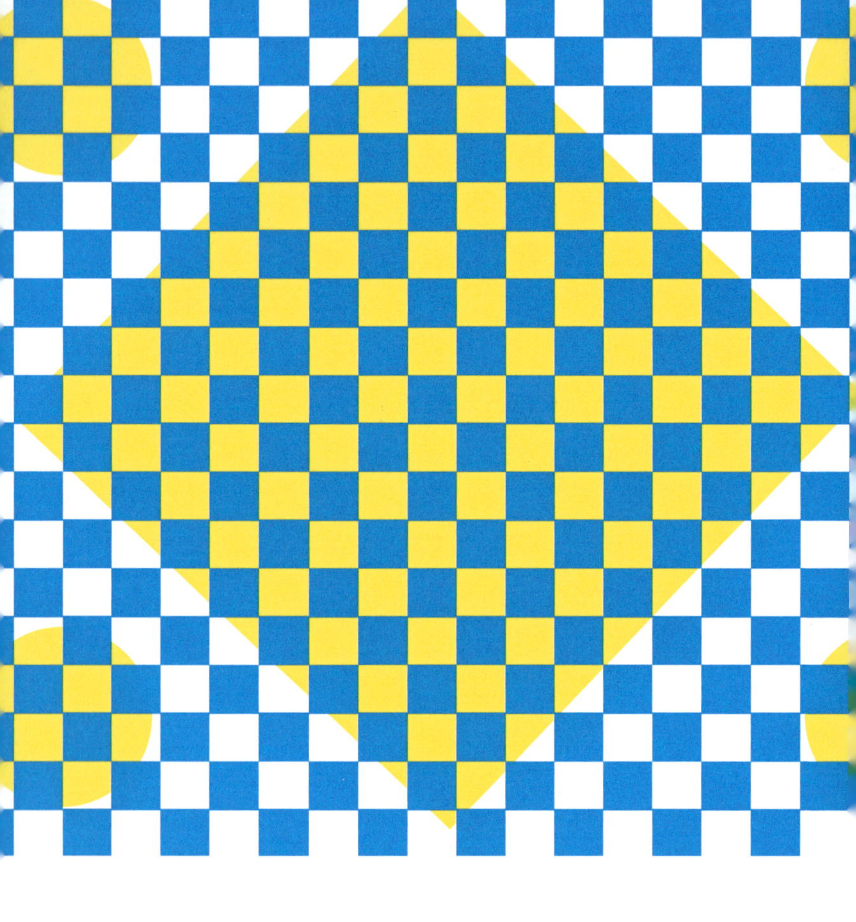

STYLE

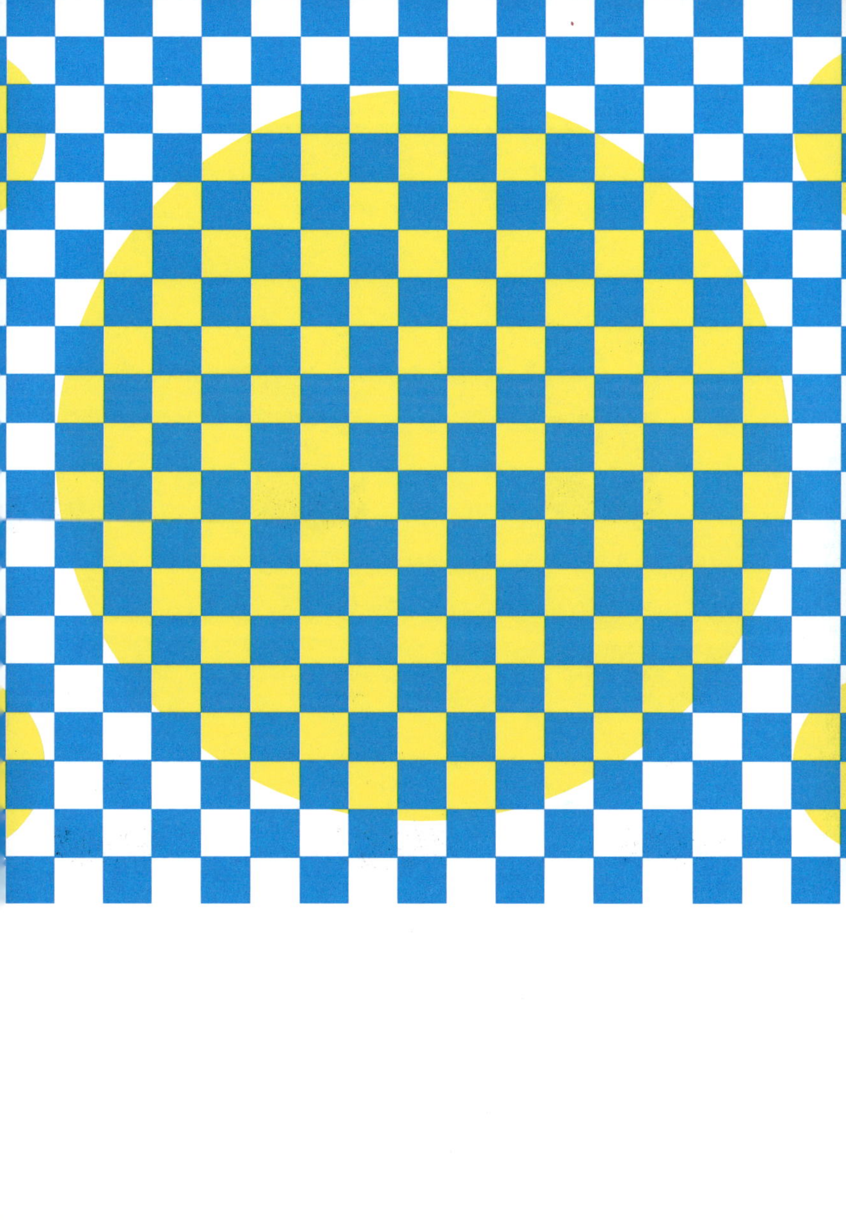

Style is
우리 인생에
리모델링이
필요해

remodeling

Re-
ality

01 진짜
나

거울아 거울아
진실을 보여줘

요즘 사람들은 자신의 얼굴을 실제보다 더 예쁘게 보는 법을 잘 알고 있다. 핸드폰 카메라의 45도 각도, 뽀얗고 불그스름한 백열전구가 있는 화장실, 얼굴이 빽빽하게 잡히는 줌인(zoom in)식 콤팩트 거울. 아마 나르시스가 자신을 비춰 본 연못에도 이런 기능들이 장착되어 있었을지 모른다. 그러니 풍덩 빠져들었겠지. 우리도 바로 그 나르시스처럼 핸드폰 카메라 렌즈와 화장실 거울 앞에서 떨어질 줄을 모른다.

그런데 늘 예쁘게 보여야만 하는 걸까? 못난 모습도, 더러운 모습도, 추한 모습도 다 나인데. 아침에 일어나 햇살 아래 서보자. 끈적이는 눈곱과 두 배는 불어난 눈두덩이, '어휴'하고 피부 밖으로 큰 한숨을 쉬는 듯한 모공, 밤새 수분 부족에 시달려 터져버린 입술, 얼굴 한 바퀴를 돌며 반짝하고 빛나는 개기름, 그리고 다소곳이 앉아 있는 잡티와 주근깨가 나를 먼저 반긴다.

이것도 나다. 그런데 그런 자신을 발견

가장 먼저 해야 할 일은 솔직한 나와
대면하는 일.

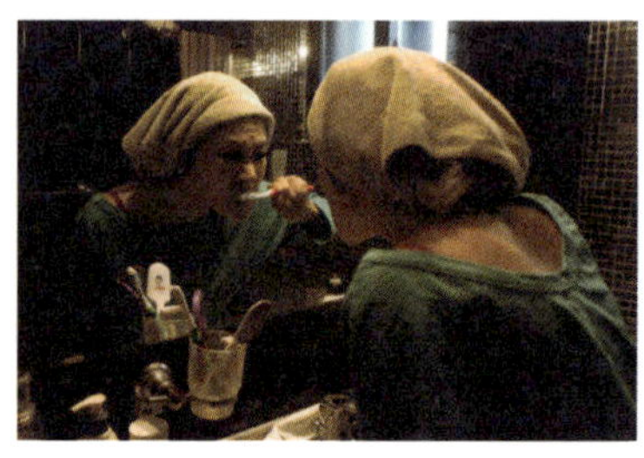

참 밍숭밍숭하다.
그림 그리기 딱 좋겠는 걸?

하면 우리는 어떤 조치를 취하는가. "잘 잤니?"
반갑게 인사하기도 전에, 서둘러 핸드폰을 꺼내
가장 좋은 각도에서 나를 잡아내려 애쓰며, 오
늘도 변함없이 무사해야 하는 아름다움을 찾아
내고 있지는 않은가. 리얼한 내 모습은 외면한
채 말이다.

흉하고 못나 보이는 나와 친해질 필요가
있다. 나의 진짜 모습을 바로 내가 먼저 대면
해야만 남에게 숨김없이 당당할 수 있다. 단
점은 숨기고 외면할 게 아니라, 마주해서 극
복해야 할 내 모습이다. 일그러진 얼굴과도
익숙해지고, 더러운 이물질로 가득한 눈과 콧
구멍, 심지어는 잇속과도 친해져보자.

나는 삐뚤어진 얼굴형 때문에 얼굴을 돌
린 채 '힐끗'거리며 거울을 보는 버릇이 있다. 그
러다 어느 날 무심코 정면을 바라볼 때도 있
는데, 의외로 근사하다. 머릿속에서만 일그러

져 있었을 뿐 진실한 내 모습은 생각보다 괜찮다. 나의 진짜 얼굴과 정면으로 승부하자. 그리고 거침없이 물어보자. 거울아, 거울아. 오늘부터 진실을 말해줘!

그래 피하지 말고, 오늘만큼은
실체를 파악해보자고.

Re-
volution

02 스타일
혁명의
시작

너의 헤어스타일,
늘 같거나 유행하거나

긴거리에서 찰랑거리는 머릿결을 가진 어여쁘고 단정한 여자들과 마주치면 자꾸 그녀들의 헤어스타일을 부스스하게 헝클어뜨리고 싶은 욕망에 불탄다. 'PRICE 1,000,000원'이 붙은 것 같은, 공장에서 방금 막 출시된 것 같은 패션을 볼 때 스타일리스트의 반발이 끓어오른다. 상상 속에서는 어느새 가지런히 반짝이고 있는 그녀들의 까만 생머리에 병적으로 나의 손가락이 날아오르고 있다. 기하학적이고 강하게 연출해서 얌전한 웃음 대신 박장대소하며 세상을 향해 거칠게 하이킥을 날릴 수 있게 해주고 싶다.

내게는 편의점 음료수 코너에서 용기의 뚜껑을 살피는 버릇이 있다. 멀리서 보면 음료수로 가득한 냉장고는 너무나 아름답다. 그런데 가까이 다가가면 뚜껑들 때문에 미칠 것 같다. 비슷한 색에, 오픈하는 방법도 모두 같다. 음료수 병과 진심으로 어울리지 않는 뚜껑들도 가끔 있다.

사람들의 머리 꼭대기도 용기의 뚜껑처

럼 보인다. 나를 미치게 하는 음료수 뚜껑같은 헤어스타일은 언제나 당시에 유행한다는 스타일이다. 톡 쏘는 탄산음료나 단정한 녹차음료나 모두 똑같은 플라스틱 뚜껑을 쓰고 있는 것처럼, 탄산 같은 사람이나 녹차 같은 사람이나 모두 똑같다. 단지 색깔만 다를 뿐.

　　나는 스타일링 작업을 할 때 마네킹을 이용한다. 하지만, 마네킹은 바디의 형태와 두상이 모두 비슷해서 아무리 좋은 의상을 입혀도 스타일이 살지 않는다. 그래서 본격적인 작업 전에 마네킹의 머리와 발끝을 신경 써서 바꾸는 편이다. 그러면 신기하게도 의상의 전체 스타일을 가늠하는 게 쉬워진다.

　　이미 정형화된 용기인 나의 몸을 바꿀 수는 없는 일이다. 그렇다고 옷으로만 혁명을 일으키려 한다면, 어색해진 자신을 발견하게 된다. 무리하게 다이어트라도 한다면 우리의 몸은 김빠진 쭈글쭈글 페트병이 될 뿐이다.

　　유행하는 이 뚜껑은 나에게 어울리는 것인가. 거울 속의 나에게 질문을 던져보자. 거기서부터 하나씩 정형화된 지루한 형상을 깨뜨려보자. 리모델링의 시작이다.

같은 얼굴이어도
뚜껑에 따라 표정이 달라져.

지금 너의 뚜껑은 네게 꼭 맞는 것이니?

Re-form

03 숨어 있는
938번째
몸짓

지루한
나의 실루엣

"아니 어디시 이런 옷을 샀어?"
"이 소품은 어디서 구한 거야?"
"모자는 무슨 브랜드야?"

스타일 관련 방송을 하면서 이런 질문을 자주 받는다. 꽁꽁 숨겨둔 비밀의 가게나 특별한 옷장이 있는 건 아니다. 명품이야 말할 것도 없고, 시장에서도 나는 옷을 사지 않는다. 그렇다면 매일매일 바뀌는 화려한 옷은 어디에서 구하느냐고?

정말 나조차도 가끔 답답해하는 버릇이 하나 있는데, 일단 손에 들어온 옷은 절대 버리지 않는다는 것이다. 일하고서 남은 옷을 가져오거나 아니면 직접 만들어 입기도 한다. 그래서 옷이 많다면 많다고 할 수도 있다. 물론 외국에 나갈 때는 반드시 옷을 구입하는 편이다. 빈티지 샵이나 저가 대형 백화점에서 옷을 사면 다양한 리폼도 가능하다.

사실 옷이나 소품 등이 독특해 보이는 이유는 마네킹의 태도 때문이다. 예전에 흰

드레스를 입은 스타가 페인트공의 실수로 옷에 얼룩이 생기자, 드레스에 과감하게 페인트를 들이붓고는 당당하게 걸어가던 광고가 있었다. 중요한 것은 페인트로 더욱 패셔너블해진 옷을 만드는 광고 속 주인공의 감각이 아니라, 얼룩에도 당당하게 대처하던 모습이다.

한번은 넘어져서 스타킹에 구멍이 난 적이 있었는데, 일부러 스타일링한 것처럼 보였던 모양이다. 나는 그저 그 작은 구멍을 가리려 전전긍긍하지도 않았고, 아예 벗어 내던지지도 않았을 뿐이었다. 솔직하게 드러내고 당당하게 행동하면 작은 구멍도, 옷에 난 흠집도 나만의 스타일로 보인다는 걸 알게 되었다.

'당당하게'란 무엇일까. 꽤 오랫동안 보는 데도 어떤 옷을 입었는지 매번 생각이 나지 않는 사람이 있다. 그런 사람은 아무리 비싸고 화려한 옷을 입어도, 늘 같은 실루엣을 만들어내고 있기 때문에 인상에 남지 않는 것이다. 늘 입고 다니는 옷에는 각자만의 실루엣이 새겨진다. 그래서 같은 옷이라도 시간이 지나면 사람마다 달라 보인다. 체형 때문이기도 하지만 실은 버릇 때문인 경우가 많다.

지금까지의 답답한 스타일에서 제발 벗어나고 싶다면, 새로운 스타일의 옷을 사는 것보다 그동안 쓰지 않던 관절을 움직여본다거나, 운동을 하거나, 다른 포즈를 취해보는

쑥스러워도 재미있는 동작을 찾아봐. 모델다운 것 말고, 너다운 것으로.

옷만 따로 봐봐. 새로울 것 없어. 시장이나 빈티지 샵에서 구입한 거야.
옷에 어울리는 동작을 찾았더니, 더 특별하게 보일 뿐이지.

게 좋다. 평소의 워킹과 달리하는 것도 한 방법이다. 사람들은 몸에 밴 행동을 가장 자연스럽다고 생각하지만, 실은 그렇지 않다. 늘 취하는 동작인데도 어색해 보이는 사람들이 많다. 심지어 걷는 것마저 어색해하는 경우를 많이 본다.

나는 어떤 움직임을 갖고 있는지 자신의 동작을 관찰해보자. 좀더 자연스러운 동작을 발굴하는 게 스타일리시한 옷을 사기 전에 먼저 해야 할 일이다. 동작 하나만으로도 지금까지의 나와는 다른 옷의 형태와 몸의 형태는 물론이고, 표정도 달라지는 것을 느낄 수 있을 것이다.

자신만의 몸동작을 찾았다면 스타일의 기본은 완성된 셈이다. 그 이후부터는 평범한 옷을 입고 있어도 이런 말을 듣게 될 것이다. "그 옷 어디서 샀어?" 지금 당신이 입고 있는 옷이 사실은 고등학교때 질리도록 입었던 교복 블라우스라 할지라도.

Re-
spect

04 스타일의
기본은 존중

믹스앤매치

1995년, 스무 살 삐삐밴드 시절의 나는 그야말로 버르장머리가 없었다. 홍보를 위해 회사가 마련한 방송국 사장단, 피디, 기자들과의 미팅에서 빨간색으로 물들인 헤어스타일에 얼굴을 다 가리는 선글라스를 쓰고, 낡아빠진 청바지와 가죽 재킷을 걸치고는 소파에 반쯤 누워 매니큐어가 다 벗겨져나간 손톱을 바라보며 인터뷰하곤 했다.

그때는 그런 불손한 행동이 참 멋져 보였다. '누가 나에게 뭐라고 할 것이냐! 나는 천재잖아.' 이런 생각이었는데, 그 시절에는 든든한 오빠들(달파란, 박현준)이 있었고, 또 나의 태도나 우리의 활동이 사회에 얼마나 큰 파장을 일으킬지 짐작할 만큼 성숙하지도 않았다. 이젠 그때의 내 모습을 지금 다른 사람에게서 보게 된다면, "네 이놈, 조금만 겸손해지자. 여긴 뉴욕이 아니라고!" 하며 머리를 거칠게 쓰다듬어줄 것 같다.

타인의 시선을 의식하지 않는 것과 일부러 무시하는 것은 다르다. 한쪽은 행복한 자유를 맛볼 수 있지만, 다른 쪽은 나의 행동으로 인해 상처입은 자가 뿜어내는 엄청나게 따가운 시선을 감당해야 한다. 이런 시선은 극복해야 할 대상도 아니며 애초에 만들어낼 필요가 없는 것이다.

자신이 만날 상대와 자신이 있어야 할 장소에 나를 어떤 형태로 놓을 것인가가 곧 스타일이다. 그리고 스타일은 '나를 위한 것'이기도 하지만, '타인을 존중하기 위한 것'이기도 하다. 한마디로 스타일은 관계이다. 밴드 시절의 버릇없는 스타일은 어쩌면 밴드 캐릭터에 맞는 스타일이었는지 모른다. 하지만 관계의 스타일은 분명 빠져 있었다.

자유는 타인의 시선을 깔아뭉개는 태도가 아니라, 존중하는 마음에서 시작된다. 애초에 스타일이란 남에게 과시하기 위한 것이 아니다. 남의 시선이 두려워 아무것도 하지 않는 사람이나, 자기만의 스타일이 있다면서 때와 장소에 맞지 않는 행동과 말투를 주장하는 것 역시 남의 시선을 의식하는 행동일 뿐이다.

자연스럽게 타인과 장소에 어울리면서도 나를 잃지 않는 게 가장 중요하다.

　　스타일을 통한 타인 존중은 사실 누구나 하고 있다. 사무실에서는 조금은 날카로워 보이는 딱딱한 재킷을 입고, 어른을 만날 때면 예의바른 몸가짐을 갖춘다. 문제는 이런 관계 스타일링이 나를 숨막히게 할 때가 있다는 것이다. 타인과 내가 믹스앤매치(Mix&Match)를 이루는 방법에 대해 고민해보자. 검은 정장에 검은 구두는 가장 무난한 직장인의 모습이다. 회사에 일방적으로 맞춘 모습이기도 하다. 그럭저럭 믹스앤매치는 이루어졌지만, 회사와 내가 동등하게 매치되지도 않았고, 또 너무 뻔하다. 이럴 때 검은 정장안에서도 내가 죽지않는 방법이 있다. 반짝이는 색깔 구두를 신는 일. 당신은 반짝이는 구두보다 더 반짝일 것이다.

MIX & MATCH

❶ 커다란 후드 티셔츠는 대부분 헐렁한 청바지와 매치하곤 하는데, 미니 스커트나 숏팬츠에 목이 긴 운동화를 신어보자. 어떤 옷이든 대립되는 효과를 주면 더 재미있는 연출을 할 수 있다.

❷ 어깨가 살짝 드러나는 라운드 빅 티셔츠는 갑갑한 정장보다 몸과 마음을 편안하게 해준다. 색다른 컬러의 에어로빅 워머와 운동화로 포인트를 주면 더 발랄해 보인다.

❸ 후드 트레이닝복-특히 집업 트레이닝복은 언제 어디서나 유용하게 쓰이는 아이템- 하나쯤은 직장이나 학교에 항상 비치해두자. 정장 위에 편하고 자연스럽게 매치하기에 좋다.

❹ 튜브탑은 시도하기에 좀 겁나는 아이템이지만 윗 가슴에 딱 맞는 사이즈를 고르면 오히려 날씬해 보인다. 긴 머리를 늘어뜨려 겨드랑이 안쪽 살을 살짝 가려보자. 거기에 하이 웨이스트 펜슬 스커트를 매치하면 날씬함 2배 상승.

❺ 록 프린팅 티셔츠에 검은색 스키니진과 같이 어두운 톤의 룩을 입었을 때는 디테일을 살려야 한다. 반짝이는 빨간 구두와 멜빵으로 포인트 추가.

❻ 복고풍에 한번 빠지기 시작하면 스타일의 폭이 얼마나 넓어지는지 경험할 수 있다. 촌스러운 70년대 셔츠와 하이 웨이스트 스커트를 매치했다.

❼ 흰 티셔츠에 남색 반바지는 유니폼처럼 보일 수 있다. 하지만 여기에 대비되는 색상의 구두나 모자를 이용하면 전혀 다른 룩이 연출된다.

❹ 

❺ 

❻ 

❼ 

Re-cover

05 옷장의 재발견

보물은
그 안에 있어

매일 아침, 우리들의 고민. "도대체가 입을 옷이 하나도 없어." 스타일리스트가 직업인 사람도 마찬가지이다. 가끔 화가 나기도 한다. 이럴 때면 옷장을 열어 미친 듯이 옷을 다 꺼내놓는다. 누군가 이런 나를 본다면 '비쳤구나' 할 정도로. 찾던 옷이 나오지 않으면 그날은 하루 종일 기분이 나쁘고 일진도 사납다.

머릿속에 구상한 스타일이 있는데, 그것에 맞는 옷을 발견하지 못하면 양 볼에 힘이 잔뜩 들어가면서 날카로운 목소리가 튀어나온다. 옷도 옷이지만, 일을 제대로 처리할 수가 없다. 어떤 곳이건, 또 어떤 상황이건 꼭 함께해야 할 아이템들이 있기 때문이다.

일을 하러 갈 때 나는 주머니가 많이 달린 재킷을 입는다. 각종 메이크업과 헤어 도구, 옷핀 등 여러 가지를 분류해서 담을 수 있기 때문에 이 녀석은 계절에 상관없이 나의 가장 든든한 어시스턴트가 되어준다. 여행지에서도 유용하다. 타지에서 신경을 곤두서게 만드는 지갑과 여권을 보관하기에도 그만이다. 없

어도 괜찮지만 왠지 필요할 것 같은 립밤이나, 자주 꺼내야 하는 전철 티켓 같은 것들을 수시로 꺼내 쓸 수 있다. 몸을 자유롭게 움직일 수 있어 유용하기도 하지만, 재킷의 큰 주머니들은 은근히 스타일리시하다.

어린 시절의 친구들을 만날 때면 조금 점잖은 차림이 필요하다. "이윤정 씨랑 만나고 나면 우리 아이 엄마가 갑자기 아이라인을 진하게 하고, 미니 스커트를 입겠다고 해서 죽겠어요. 어디서 그런 용기를 얻은 건지." 이런 말들을 듣곤 하기 때문이다. 어쩐지 모범생 친구에게 나쁜 물을 들이는 문제아가 된 기분이

면서도 불쾌하진 않다. 친구들에게도 남편과 아이라는 일상의 답답함을 벗어날 휴가 같은 스타일이 필요한 법이니까. 그래도 그녀들을 바람난 유부녀로 만들고 싶지는 않기에 조금 자제한다.

주말이면 50그램이 넘지 않는 의상을 고른다. 나처럼 미친 듯이 춤을 추는 사람에게 무거운 의상은 적이다. 타이트하고 색상이 강한 의상이 주말 친구들과의 만남에 가장 좋은 선택이다.

잠깐 집 밖에 나가더라도 나는 되도록이면 굽이 높은 힐을 신는 편이다. 가벼운 차림이라 해도 자세가 꼿꼿해진다. 동네 사람들이나 지나가는 사람들에게 스타일만 독특한 나이 많은 양아치로 보이고 싶지 않은 마음이 조금은 있다. 같은 옷을 입어도 운동화나 힐

이냐에 따라 반말을 듣느냐 존댓말을 듣느냐
의 차이를 만들어내기 때문이다.

　　모든 상황에 맞는 옷을 정해놓은 건 아
니기 때문에, 나는 늘 옷장에 갇힌다. 입고 싶은
어떤 룩이 떠오르면, 그에 맞는 옷을 고르느
라 몇 시간을 뒤적거리기도 한다. 옷장을 정
리하면 간단한 일 아니냐고 할지 모르겠지만,
내게는 쉽지 않은 일이다.

　　같은 사이즈나 색깔, 비슷한 디자인의
옷이 단 하나도 없기 때문에 결국은 헤맬 수
밖에 없다. 나의 옷장은 매장으로 치면 다양
한 트렌드와 다양한 사이즈의 옷으로 가득한
상점 같다. 그 안에서 오늘의 스타일에 맞는
오늘의 보물을 매번 캐내야 한다.

　　이런 상황이 나쁜 것만은 아니다. 우울
하거나 일이 잘 되지 않았을 때 혹은 폭발 직
전에 나는 옷장으로 들어간다. 그곳에서 까맣
게 잊고 있었던 3년 전의 또는 10년 전의 아
이템들을 발견하면 그렇게 즐거울 수가 없다.
기분이 좋아질 때까지 땀을 뻘뻘 흘리며 각각의
옷을 매치시키면서, 일종의 스타일 치유 놀이
를 할 때도 있다. 흥분 상태를 잠재우기에는
음악이 그만이지만, 가끔 옷장에서 마음을 도
닥이는 것도 훌륭한 처방이다.

엄마가 입던 80년대풍
블라우스 발견!
레깅스를 매치했더니
훌륭한 룩이 탄생했다.

이것저것 뒤섞인 비밀의
옷방, 일상짜증 회복
박카스를 찾아 대탐험 중

JOY 05
BLACK
JOY05
BLACK
Make up Professional
Eyelashes

CRACKER
YOU
WARDROBE

윤정's tip　01

옷 잘입는 비법

❶ 많이 입어볼 것

단순해 보이는 티셔츠와 청바지라 해도 프린팅이나 색, 전체 라인만 보고 스타일을 상상해서는 안 된다. 장금이처럼 맛을 그리는 능력을 타고난 사람이라도, 수천 번 음식을 만들어 실제 맛을 혀로 느껴야 하는 시간이 반드시 필요한 법이다. 우리는 옷을 고를 때 몸에 대보고, 색깔과 스타일이 얼굴과 어느 정도 어울리면 오케이한다. 중요한 건 내 몸과의 만남이다. 직접 자신의 몸에 걸쳐봐야 얼마나 어울리는지 정확하게 알 수 있다. 몸과 옷이 직접 만나야 행복한 스타일이 만들어지는 것이다.

❷ 스타일 실험

옷을 직접 입어본 다음에는, 또 다른 스타일링이 가능한지 한 번 더 점검하는 것이 필요하다. 스타일이란 예쁜 티셔츠와 근사한 청바지를 입었다고 완성되는 것이 아니다. 티셔츠의 주름이나, 묶는 방법, 색상의 조화도 살펴보고, 하의 안으로 넣어 입었을 때 또는 밖으로 빼내 입었을 때 어떤지 모두 실험해봐야 한다.

❸ 응용

방송 촬영은 늘 기다림의 연속이다. 특히 1박 2일 일정의 방송인 경우는 더 길다. 그 시간 내가 늘 하는 일은 거울을 보며 순간 변신하기이다. 잠깐 쉬다 나오면 "아니 옷을 몇 벌을 준비해오신 거예요?" "언제 또 갈아입으셨어요?"라는 말을 자주 듣곤 하는데, 나의 변신은 일종의 트릭이다. 재킷을 거꾸로 입거나 청바지를 말아 올리거나 속옷을 겉으로 빼입는 등 아주 간단한 놀이라고 보면 된다.

❹ 실전

윤정's tip 01

세상에 단 하나뿐인 티셔츠.

❺ 스타일 영감 노트

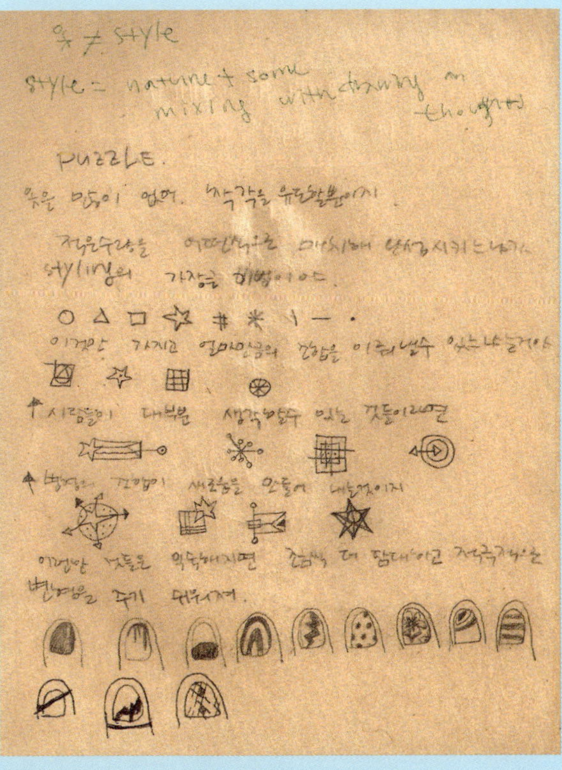

윤정's tip　02

저주받은
나의 몸

● 얼굴이 커서 고민이라고?

얼굴이 크면 대부분 어떤 옷이건 헐렁하게 입으려는 습성이 있다. 상대적으로 얼굴이 작아 보일 것이라는 생각 때문이다. 옷이 아니면 양 볼을 가리는 식의 헤어스타일을 연출하는데, 이는 가리고 속이려는 마음만 드러날 뿐 정작 도움이 되지 않는다.

어떤 사람이 10년 내내 통이 넓은 청바지만 입는다고 생각해보자. 분명히 다른 사람들은 그 사람이 보여준 적도 없는 다리를, 혹은 크게 관심도 없던 다리의 상태에 대해 의심하게 될 것이다. 이미 누구나 다 알고 있는 사실은 가릴 필요가 없다. 차라리 예쁜 부분을 찾아내 더 부각시켜보자. 예를 들면 발목, 목선, 손가락, 오리 궁둥이 등등을. 남들이 예쁘다고 하는 것말고 내가 생각하기에 나의 장점이라고 여기는 부분을 드러낸다면 얼굴 사이즈 같은 건 금세 잊혀진다.

● 그래도 목이 짧다면?

누구나 아는 상식이겠지만 목이 짧다면 터틀넥이나 라운드넥은 피하는 것이 좋다. 중요한 것은 목이 아니라 다른 곳을 강조하는 것. 허리 벨트에 투자해보자. 강한 색에 섬세한 디테일이 돋보이는 벨트는 목에 없는 새롭고 예쁜 라인을 만들어줄 것이다.

● 어깨가 넓다면?

어깨가 넓은 경우 여성스럽지 못하다 비관하며 대부분 드레스나 페미닌한 룩을 과감하게 포기한다. 어떤 룩이건 애써 입은 걸 가리는 데 신경 쓰거나, 아예 포기해버리면 더 큰 반작용이 일어나게 마련이다. 시원하게 어깨를 노출하여 여성스러움을 강조하는 대신, 힙에 힘을 실어보자. 러플 달린 볼륨이 큰 스커트를 입는 것도 좋은 방법이다. 가리거나 포기하는 것보다 상반된 연출을 하는 것이 좋다.

● 허리가 두껍다면?

허리가 두꺼운 사람들은 대부분 다리가 길고 얇다. 박시하지만 어깨나 쇄골이 드러나는 상의와 다리를 강조하는 스키니진이나 레깅스를 매치하는 것도 좋다. 김미려의 가수 데뷔 무대를 스타일링할 때 이 방법을 썼다.

● 허벅지가 고민이라면?

너무 얇고, 곧게 뻗은 다리는 매력이 없어 보인다. 물론 개인적인 취향이긴 하지만, 통통한 허벅지의 매력을 깨울 필요가 있다. 나 역시 대단한 나의 허벅지에 앙심을 품어 도려내버리고 싶다는 생각을 한 적이 있지만, 그래도 이건 정말 아니라고 믿는 사람들에게 맞다고 확신하며 이야기해주고 싶다. 창피한 부분을 겁 없이 노출하고 용기내어 당당하게 걸어다니자. 이효리도 그 섹시하고 탄력 있는 허벅지 때문에 슈퍼스타의 자리에 있는지도 모른다.

● 뼈대가 혐오스럽다고 느낄 때

이럴 때는 기성복을 피하고 시장이나 오히려 트렌디하고 스타일리시한 룩에 과감히 도전하는 게 좋다. 나는 뭘 해도 살이 문제가 아니라 뼈대 자체가 저주받았다고 생각되어 모든 스타일링과 아웃룩을 포기하고 살았다면 말이다. 사실 아무도 입지 않는 아이템들은 세상에 널려 있다. 과감히 레이어드해서 강한 색상과 실루엣으로 독창성 있고 개성이 넘치는 룩을 연출해보는 것은 어떨까. 나 같은 케이스도 이에 해당하는 것 같다.

윤정's tip | 03

리폼의

기술

❶ 동대문에서 구입한 흰색 레이스 위에 분홍색 형광 스프레이를 뿌렸다. 파티에 유용한 아이템으로 변신.

❷ 아버지가 입던 양복에 허리선을 넣고 아랫단을 달리했다. 질감 좋은 페미닌룩 탄생.

③ 티셔츠의 고전 캐릭터, 미키마우스. 조금 다르게 보이고 싶다면,
티셔츠에 그림을 그려보자. 악당 조커마우스로 변신.

PLAY

Club is

— 인생은 리셋이
불가능하지,
하지만 재시동
이라면 어때?

rebooting

Re-d
virus

01 레드
바이러스

불타는
심장

멀리 떠날 필요도 없고, 포장미치에 빽빽하게 모여 앉아 신세 한탄하며 볼 부끄럽게 취하지 않아도 되는, 하루를 완벽하게 마무리하고 용기를 내어 신나게 즐기고 소리 지르며 놀 수 있는 곳. 클럽이 나에게 주는 의미는 그렇다. 동작이 크건 작건, 최신 유행하는 음악과 춤을 알고 있건 모르건 상관없다. 매일 반복되는 일상에서 그래도 단 하루쯤은 늘 윙윙대며 돌아가는 뇌와 거친 이야기에 아물 틈도 없이 지쳐버린 마음에 레드 바이러스를 이식해보자.

가슴을 쿵쾅 두드리며 조용하게 웅크리고 있던 몸의 리듬을 일깨워줄지도 모른다. 시끄러운 음악 소리와 화려한 조명 아래서 '꺄아' 하고 우리 인생의 악플들에게 고함을 질러보자. 하루의 고단함을 토해낸 자리에서 레드 바이러스가 꿈틀대기 시작한다. 그 다음에 마음놓고 몸을 흔들면 된다. 그 전에한 가지만 기억하자. 누구의 눈치도 보지 말고, 내 멋대로 놀자는 것. 노는 데 유행이 어뎠어.

Re-pair

02 복장
대공사

예쁘기보다
즐겁게

뽕뽕거리는 진자음이 주를 이루는 클럽에는 조명발 잘 받는 하얀 미니 스커트나 과다 섹시 노출보다 반짝이는 레깅스와 형형색색의 가발이 더 잘 어울린다. 화려하고 예쁜 연예인식 화장보다 거의 코스튬플레이에 가까운 분장을 하는 게 훨씬 재미있다.

타인의 시선에서 가장 자유로운 곳이 클럽이다. 그곳에선 남들 눈에 얼마나 예뻐 보일지 걱정하지 않아도 된다. 클럽은 타인들의 시선을 받는 나이트클럽이 아니라, 타인과 즐겁게 놀기 위해, 낯선 그들과 함께 섞이기 위해 가는 곳이니까.

게다가 음악을 좋아해서 모인 사람들이라는 공통점은 춤을 추기 위해 모인 것보다 더욱 강력하기 때문에 모두 쉽게 친해질 수 있다. 내가 과감한 모습으로, 한 번도 만들어 보지 않은 몸짓으로 움직여도, 조심스럽게 말을 건네며 온갖 예의를 갖추는 사람들보다 더 편견 없이 나를 바라보고, 나를 자연스럽게 '우리'로 받아들인다.

Re-public of your mind

03 너의 클럽,
너의 공화국

끝까지 찾아내,
널 알아주는 공간

1997년 말 샌프란시스코에서 1집 작업을 마치고 서울로 돌아오니 서울의 음악 신이 너무 우울하고 무료하게 느껴졌다. 매일 밤 방 안에서 작은 스피커로 테크노/일렉트로니카 밴드 언더월드(Underworld)나 케미컬 브라더스(Chemical brothers), 아니면 트립합의 지존이라 불리는 포티셰드(Portishead)를 혼자 듣는 게 내가 할 수 있는 전부였다. 90년대 후반부터 세계적으로 유행하기 시작한 테크노는 당시 우리나라에서도 열풍이었다.

하지만, 텔레비전과 라디오에서 흘러나오는 사운드는 테크노 리듬의 예민한 차이는 안중에도 없어 보였고, 나는 점점 그런 가운데 사운드에 굶주려가고 있었다. 클럽에서도 마찬가지였다. 이런 음악을 집에서 혼자 듣자니 답답증과 울부짖음이 절정에 달했다. 그즈음 상수역 근처 주택가 지하에 작고 재밌는 클럽이 있다는 정보를 얻었다(인터넷보다 잘 노는 사람들한테 물어보라. 당신의 취향을 가장 잘 알고 있는 건 인터넷 바다가 아니라 당신과 한 번이라도 만나본 사람이니까).

클럽 상수도, 50명도 채 수용하기 힘든 협소하고 답답한 공간이었지만 존재 자체가 너무나 감사한, 보석 같은 디제이와 춤추기 딱 좋은 어둠이 있었다. 무엇보다 음악적 취향이 같은 사람들을 만날 수 있다는 것이 좋았다. 2년 뒤에 문을 닫았지만, 상수도는 당시 하우스와 일렉트로니카 음악을 국내에 소개한 곳으로 많은 이들의 기억에 남았다.

현재 한국 일렉트로니카 신에서 활발하게 활동하는 디제이들이 모두 한 번씩은 거쳐 갔다는 홍대 클럽 엠아이(MI). 90년대 후반 놀라운 음향 시스템과 현란한 조명으로도 이름을 날렸다. 상수도 이후 종종 들르던 곳이다. 98년 초창기까지는 신선했다.

지금은 힙합 클럽이 된 엔비(nb, 구 NB I NB)는 처음에는 일렉트로니카와 하우스 뮤직 클럽으로 문을 열었다. 음악을 제대로 들을 수 있던 곳이다.

요즘에 나는 홍대 엠투(M2)라던가 이태원의 볼륨(volume)처럼 규모가 크고 유명한 클럽보다는 청담동에 있는 앤서(answer)나 이태원에 있는 작은 클럽 나나(nana)에 자주 간다. 많이 모여 노는 것도 즐겁지만, 이런 곳은 마니아들이 주로 찾아오기 때문에 힘들게 오랫동안 서서 입장 순서를 기다리지 않아도 되며, 또 입장료가 없어서 좋다.

자기에게 맞는 클럽을 발견하는 것. 내 방 이외에 나를 잘 알아주는 나만의 공간이 생긴다는 것. 나와 잘 맞는 친구를 발견했을 때의 기쁨과도 같다. 얼마나 근사하고 설레는 일인지 모른다.

Re-
ject

04 과감성
발사

네 안에 숨은
제멋대로 이윤정

복근에 두른 레드 바이러스.

이제 혼드는 일만 남았네.
나처럼, 뒤에 있는 애처럼, 그 옆에 있는 쟤저럼.

와, 오늘따라 허리 가늘어 보인다. 타고난 개미허리는 아니야. 그래도 허리에 빨간
색 포인트를 주는 게 좋겠더라고. 롬을 곧게 주욱 펴니, 균형감 있어 보이지?
말했잖아, 중요한 건 당당한 마음이 담긴 몸짓이라고.

허벅지가 좀 도톰하면 어때,
세상의 일반적인 기준이
너의 기준이라는 게 두꺼운
허벅지보다 더 놀라운데?

알코올이 가장 아름답게 소비되는 순간. 슬픔도 괴로움도
섞이지 않은 즐거운 마법의 액체.

그래도 한번쯤은 입이 아플
정도로 크게 소리 질러봐,
얼굴도 일그러뜨려봐 네가
얼마나 재미있는 표정을
가진 사람인데.

몸을 움직여 노는 일에 특별한 방법이 있을까?
많이 움직이지 않아도 나만 흥겹다면 어떻게 추건 상관없어.

오케이? 오늘 괜찮았어?

심심한 너와 즐거운 우리!

잠깐, 왜 꼭 몸매가 좋아야
한다고 생각해? 밝게 웃으며
이 시간을 즐길 줄 아는 너는
충분히 매력적이야.
당당한 몸짓이 깡마른 다리
보다 훨씬 아름다워. 뚱뚱한
사람을 비난할 자격은 대체
어디서 난 게야.

완전히 비워버린 몸을 데워
주는 에스프레소.
태어나 처음 맛보는 커피처럼
찌르르해.

클럽
과다복용

마법 고양이 리카의 저주

주말이 되면 나의 발에 저주를 걸어버리는 마법 고양이 리카. 오늘도 창가에 앉아 음흉한 눈빛으로 그르릉 소리를 내며, 나를 응시한다.

> "아, 잠깐, 이제 그만,
> 정말 지겹다고."

주말 저녁이면 핸드폰이 터질 듯이 울려댄다. 저주의 시작이다. 음악과 클럽에 막 눈을 뜨기 시작했을 때 나는 엄한 아버지의 명예로운 딸이어야 했다. 다른 아이들처럼 나이트클럽에서 밤새도록 놀고 싶다고 미친 듯이 바라며 올렸던 기도가 지금, 리카의 저주가 되어 돌아왔다.

> "이 녀석……"

은근한 눈동자로 나를 또 응시한다.

서른 셋. 이제는 초등학교에 다니는 아들딸을 둔 친구들도 있는데 주말마다 물 좋은 클럽이 어딘지, 요새 잘 나간다는 사람들은 어디에 가는지 묻는 전화나 함께 가자는 친구들의 연락이 아직도 끊이질 않는다.

나는 체념의 눈동자를 위로 치켜뜨며, 홀린 듯 샤워를 하고 클럽에 나가기 위한 의식을 시작한다. 머리카락부터 발끝까지. 오늘 있을 현란한 마법을 묵묵히 받아들여야지 하면서.

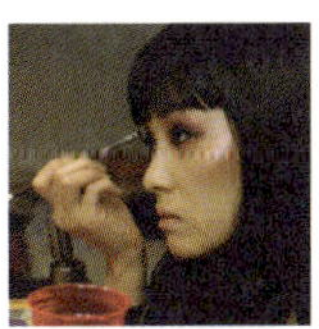

때로는 제멋대로 신나 날뛰는 발바닥이 미울 때도 있다. 새로 산 신발도, 협찬받은 구두도 다음날이면 완전히 망가지는 걸 알면서도 플로어에만 오르면 어느새 발이 움직이고 있으니 말이다. 다음날 신발의 처참한 최후를 마주하며, 나는 예전에 읽었던 동화 한 편을 떠올린다. 마법에 걸린 분홍신.

'아니, 혹시 리카가 주말 저녁이면 움직이는 알람용 자동 모터를 내 등 뒤에 달아놓은 게 아닐까. 그래서 어쩔 수 없이 자동인형처럼 춤을 추는 거 아냐?' 죽어버린 신발을 발견한 다음날 오후, 얼룩진 눈매에, 몽롱한 사막처럼 타오르는 목덜미를 부여잡고 오아시스라도 찾듯 서둘러 냉장고로 달려간다. 그리고 그곳에서 나를 비웃듯 쳐다보는 리카를 발견한다.

빌어먹을 고양이
또 저주 걸었어.

"냐옹."

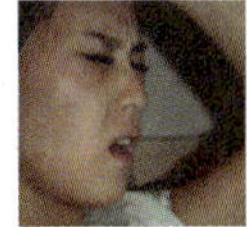

Travel is

여행,
부활을 향한
유일한 길

resurrection

Curiosity 05

호기심은
당신이 아는
당신을 죽인다

초등학교 시절 소심하고 내성적이었던 나는 조용하고 여성스러운 피아노 소리에 맞춰 핑크색 레오타드(leotard)를 입고, 햇살이 내리는 발레 교습소에서 우아하게 발끝으로 춤을 추는 것을 좋아했다. 그때는 아름다운 백조를 꿈꾸며 한 가닥의 머리카락도 남기지 않고 틀어 올린 헤어스타일에, 천천히 팔자걸음으로 걷는 것을 좋아하는 평범한 여자아이였다.

그러나 주말이면 어김없이 짐을 꾸리는 아빠의 뒷모습과 마주해야 했다. 재방송 중인 「전설의 고향」이나 「토토즐」을 보거나, 발레복과 토슈즈를 정리하며 조용히 하루를 보내고 싶었지만 두껍고 보기 흉한 윈드브레이커를 입고서 아버지를 따라 어디론가 가야 했다. 꽉 막힌 고속도로를 달리고 나면 어느새 어딘지도 모를 시골에 도착해 있었다. 아버지는 소똥 냄새, 물, 풀, 하늘, 그리고 계곡이 있는 곳으로 우리 삼남매와 가냘픈 엄마를 이끌었다.

관심도 없는 길가에 핀 식물이나 이런 저런 설화, 역사 등을 이야기해주며 아버지는 꽤나 즐거워하셨다. 심지어 여름에는 전 국민의 피서지인 경포대에 가서, 외국 배낭여행객들이 이용하는 10인용의 닭장 같은 벙커에서 피난민 같은 가족 휴가를 보내기도 했다. 비싼 외식은커녕 아버지의 특제요리 고추장찌개나 모래무지 튀김을 해먹었던 기억만 남아 있다. 이런 여행을 엄마는 고전적인 호기심을, 아버지는 인디애나 존스처럼 미지의 세계에 대한 탐험심을 풀 기회로 여겼던 것 같다.

어느새 여행은 나에게도 호기심에 이끌려 떠나는 시간으로 다가왔다. 여행의 탐험자는 여행지의 이방인이 되는 것과는 다르다. 이방인이 감성적으로 고독을 즐긴다면, 탐험자는 육체적인 고독감과 힘겨움을 짊어질 준비가 되어 있는 사람들이다. 그래서 그들은 여행자들을 위해 준비된 유명한 코스가 아닌 미지의 공간을 찾는다. 거기서 부대끼고 싶어 한다.

도시 탐험자에게 미지의 공간은 바로 그 도시 사람들이 몸을 부딪히며 살아가는 시장과 슈퍼마켓이고 또 저렴한 한 끼 식사이다. 그 도시의 옛 기억을 보기 위해서 박물관을 가는 것보다 빈티지 샵이나 벼룩시장을

도는 일을 가장 생생한 체험이라 여긴다. 이
런 탐험자의 호기심은 평범한 당신을 죽이고,
언제 어디서나 새로움을 향해 달리는 힘이 되
어줄 것이다.

Berlin
Mehringdamm

베를린

서로에게
보탬이 되는
개성

베를린은 사각형의 도시이다. 사람 얼굴, 건물, 물건, 표지판, 장식물, 모두가 각진 곳. 그러고 보니 독일이라는 이름도 각진 것 같다. 그러나 이들은 딱딱한 사각형 틀 안에서 마음껏 상상력을 발휘하기도 한다. 미친 색의 집합소라 부르고 싶은 타헬레스(Kunsthaus Tacheles)가 그런 곳이다.

백년 전에 백화점이었던 건물을 아티스트들이 불법으로 점거하면서, 건물 전체를 자신들의 아트워크(artwork)로 뒤덮었다. 사각형 건물 안에는 어떤 형태라 규정할 수 없는 무늬들이 그리고 이야기들이 마음껏 돌아다니고

있었다. 입구를 가득 채우고 있는 이상한 아
우라를 뿜어내는 색과 전시품들에 나는 단번
에 빠져들고 말았다.

미술작품이라면 으레 붙기 마련인 아티
스트의 이름도 제목도 없었다. 여러 사람들의
작품이 겹겹이 붙어 있었다. 철거 직전의 타
헬레스를 이대로 보낼 수 없다는 게 유일한
구호라면 구호일까 그것말곤 같을 게 하나도
없는 다양한 사람들이 모여, 하나의 아트워크
를 만들어냈다는 사실은 감동적이다. 이들은
치밀한 계획 아래, 누구는 어느 파트를 담당
하고 하는 식으로 타헬레스를 지켜낸 것이 아

니다. 그저 맨 처음 누군가 벽에 빨간 색을 칠해놓으면, 다른 누군가가 그 위에 스프레이를 뿌리고, 또 다른 누군가는 스티커를 붙이는 식으로 점차 거대한 타헬레스를 완성해나갔다. 다른 사람의 작품 위에, 자연스럽게 내 생각을 보태고 붙여서 이루어진 것이다.

이 세상에서 내가 가장 소중하고, 내가 만든 게 가장 훌륭하니 더 이상 접근불가, 절대 카피불가를 외치는 사람들이 얼마나 자신들의 상상력을 허비하고 있는지 깨닫게 해주었다. 처음에 누군가가 '내 작품은 건드릴 생각도 마시오, 카피는 꿈도 꾸지 마시오'라는 기운을 뿜어냈다면, 다른 사람의 작품 위에 내 생각을 덧붙이는 행동도, 내가 당신의 작품에서 얼마나 많은 영감을 받았는지 교감하는 일도 일어나지 않았을 것이다. 그리고 타헬레스도 없었을 것이다. 타인의 생각과 에너지를 수용하는 것이야말로, 내 작품이 더 큰 의미를 갖는 일임을 건물 전체가 보여주고 있었다.

결국 새로운 무언가는 무(無)의 상태에서 어느날 갑자기 뿅하고 올라오는 게 아니라, 우리 주변을 떠다니는 무수한 생각과 다양한 관계들을 모으는 과정에서 생기는 게 아닐까? 70년대 티셔츠와 80년대 디스코풍 반짝이 레깅스를 콜라주한 나를 타헬레스에 슬쩍슬쩍 놓아보았다. 타헬레스를 새롭게 완성하는 듯한 느낌, 그들의 작업에 보탬이 되고 있다는 생각은 말로 설명할 수 없을 만큼 가슴 뛰는 일이었다.

베를린의 전철은 요금을 내는 방식이 우리와 다르다. 티켓을,
타는 곳에서 사서 전철 안을 돌아다니는 검표원에게 보여주면
된다. 처음에는 검사하는 걸 본 적이 없어 티켓을 안 사기도
했는데, 오기 전 날 그만 딱 걸려버렸다. 벌금 40유로라는
벌을 받았다. 이러면 안 되는데 하면서도 차비를 모아 질 좋고
비싼 소시지를 사먹고 싶었던 것인지도 모르겠다. 결국 좋은
음식에 집착하다가 창피당하고 엄청난 벌금을 낸 후, 길거리에
내놓고 파는 작은 소시지 하나에 만족.

베를린 장벽의 역사 속으로: 참여 놀이는
과거를 이해하는 또 다른 방식. 역사책을
보거나, 보도 사진을 멍하니 들여다보는 것
말고도, 몸으로 과거를 느낄 수 있다는
사실, 신기하지 않아?

YOU ARE ENTERING THE AMERICAN SECTOR
CARRYING WEAPONS OFF DUTY FORBIDDEN
OBEY TRAFFIC RULES

ВЫ ВЪЕЗЖАЕТЕ В АМЕРИКАНСКИЙ СЕКТОР
НОСИТЬ ОРУЖИЕ ЗАПРЕЩЕНО В НЕСЛУЖЕБНОЕ ВРЕМЯ
ПОВИНУЙТЕСЬ ДОРОЖНЫМ ПРАВИЛАМ

VOUS ENTREZ DANS LE SECTEUR AMÉRICAIN
DEFENSE DE PORTER DES ARMES EN DEHORS DU SERVICE
OBÉISSEZ AUX REGLES DE CIRCULATION

SIE BETRETEN DEN AMERIKANISCHEN SEKTOR

US ARMY

MUSEUM
HAUS AM
CHECKPOINT
CHARLIE
40 m

MAUERMUSEUM THE WALL LE MUR

STEMPEL
VISA
ORIGINAL STAMP

베를린 장벽 정가운데 서 있는 표지판.
이 문구를 프린팅해 기념 티셔츠로 팔더군.

사 — 람 — 들 —

독일 사람들은 세로는 물론이고, 가로로 봐도 딱 내 두 배였다. 소인왕국의 걸리버처럼 손가락으로 나를 들어 올릴 것만 같았다. 그들의 모습을 보며 하나님의 남다른 인물 반죽 솜씨에 경외감마저 느꼈다. 서울이라는 하나의 도시에 있는 사람들도 모두가 다른 얼굴을 하고 있는데, 외국에 나오면 또 다른 솜씨를 발휘하신 하나님의 감각을 느낄 수가 있는 것이다. 이만큼 만들었으면 더 이상 만들 것도, 참고할 것도 없지 않을까 싶을 정도로 사람들의 얼굴은 다양하다.

　　그들을 반죽할 때 하나님은 화가에서 조각가로 변신하여 조금 더 큰 도구를 썼을 것이다. 탁구공 만한 파란 눈동자와 일부러 웃기라고 크게 만든 것 같은 콧대, 거짓말 조금 보태면 내가 입이 찢어져라 하품할 때의 크기와 비슷한 콧구멍까지.

늘 보아온 사람들의 한정된
모습과 체형에만 몰두했었다는
생각에 다른 몸과 움직임 그리고
얼굴 모습을 담고 싶었다.
클로즈업으로 사람을 잡는
텔레비전이 최고의 연습장이다.

Paris

파리

빈티지와
대면하다

파리는 스스로 선택하지 않았지만 어쩔 수 없이 빈티지한 삶을 사는 사람들이 많았고, 도시도 그렇게 변하는 것처럼 보였다. 새 것보다 낡은 것을 선호하고 또 그것을 아끼는 마음과, 어쩔 수 없이 헌 옷을 입을 수밖에 없는 상황은 다르다. 가끔 빈티지에 탐닉했던 지난 시절을 돌아보면, 그때는 유행이나 취향보다 정신과 더 가까웠던 것 같다.

빈티지 스타일을 좋아하게 된 데는 삐삐 밴드 시절 함께했던 박현준과 달파란 오빠의 영향이 컸다. 거지같이 입고 있는데도 원래

샤트레트(Chatelet)의
킬리와치(KILIWATCH)

파리 시내에서 빈티지를 쉽게 볼 수 있을 거라
오해하면 고통스럽게 발품을 팔아야 한다.
그나마 킬리와치에 가면 빈티지에 관련된 모든
것을 볼 수 있어 여기저기 돌아다니지 않아도
된다. 여러 빈티지 샵에서 셀렉팅해와 판매하기
때문에 가격대는 높지만, 질과 상품 상태가 최상
이다. 옷이나 신발뿐만 아니라 미술책과
액세서리들도 있다.

태생이 그런 것인양, 낡은 옷들이 몸에 착붙
어서 스타일리시하게 잘 어울렸던 그들. 현준
오빠는 늘 똑같은 청바지를 몇 달 동안 입고
다녀 볼 때마다 수돗가로 달려가 빨래를 해주
고 싶을 정도였다. 아버지에게 머리카락을 잘
린 지 얼마 안 되었고, 당시 나는 발레리나를
꿈꾸던 시절에 즐겼던 새초롬하고 여성스러운
아가씨 룩을 막 벗어던지던 때라 반항의 의미
로 뭔가가 더덕더덕 붙어 있는 옷을 입기 시
작하던 시기였다.
　　그때의 나와 비슷한 모습의 오빠들을 만

숙소는 5층, 나선형 계단을 올라가야 했다. 문 없는 화장실과
영화 「트레인스포팅」에 소품으로 쓰인 게 분명한 푹 꺼진
스프링 침대 하나. 작고 오래된 예쁜 테라스로 나가 마음을
달랜다. 파리가 날 거부해도, 언제나 브이.

나는 순간 전기가 찌르르 오는 것 같았다. 무
엇이라 정확히 표현할 수 없지만 우리는 무언
가를 같이 해야겠구나 하는 생각이 들었다.
단지 비슷한 옷을 입었을 뿐인데 말이다.

모두가 새 것에 중독되어 있을 때 우리
는 헌 것에서 묘한 아름다움을 발견해가고 있
었다. 사실 헌 것이라기보다는 버리기 아까운
것들이라는 표현이 더 맞을지도 모른다. 그때
부터 나는 엄마 옷장을 뒤져 엄마가 처녀 때
입던 원피스나 망토를 군용 워커와 함께 매치
해 입곤 했다. 반항의 절정을 이루던 무렵 빈
티지와의 만남은 내게 최고의 쾌감을 주었다.
결국은 새 것에 몰두하는 세상에 대해 룩을 통

해 반항하는 것이기도 했고, 그 차림으로 거리를 돌아다니는 것 자체가 메시지를 전달해 주는 것처럼 느껴지기도 했다.

그 메시지가 취향이 된 지금도 계속 빈티지를 몸에 걸치고 있지만, 선택이 아니라 상황에 의한 룩이 빈티지인 파리 빈민가의 사람들과 마주하며 어쩐지 우울했다.

파리는 빈티지가 갖는 양면성, 즉 헌 옷을 향한 취향이 갖는 두 가지 상황, 그리고 내가 빈티지를 선택했던 순간과 또 어쩔 수 없이 사랑해야만 했던 순간들이 첫 대면을 하던 도시였다. 꺼져 들어가는 침대 하나 달랑 놓인 숙소. 5층 내 방까지 나선형 계단을 걸어 올라가며, 내가 사랑하는 것과 사랑한다고 말할 수 밖에 없었던 것들 사이의 시간들이 어지럽게 휘감겨 올라갔다.

당신은 하고 싶은 대로 다 하니 빈티지도 즐길 수 있는 것이라는 편견과 파란색 가죽 재킷 하나로 몇 년을 지내면서도 이런 게 다 빈티지의 매력이라고 말할 수 밖에 없었던 시간들이 파리의 부랑자와 삐걱이는 계단 사이를 돌고 또 돌아갔다.

호피무늬 나뭇잎 발견. 아마도 모든 텍스타일 디자이너들도 나처럼
눈에 불을 켜고 이렇게 내추럴하고도 신비한 것들을 발견하려 하겠지.

알레지 가(rue d´alesia)에 있는
친구의 집을 겨우 찾아갔다. 나에게
새로 만든 모자 모델이 되어 달라고
했다. 싸구려 와인과 햄만으로 밤새
도록 파티를 벌였다.
우리가 반드시 해야 할 것과 하지
말아야 할 것들에 관한 이야기들이
줄줄 흘러나온다. 홀로 고군분투하며
타지에서 지내는 사람과 마주하면,
내가 싸우는 괴로움들은 아무것도
아니라는 위로를 받기도 한다.
왜 우리는 타인의 고통 앞에서 위안을
얻게 될까. 아니 위로보다 오히려
슬픔에 가까운 감정들은 마음 속 깊은
곳의 분노들을 차분하게 가라앉혀주는
힘이 있는 것인지도 모르겠다.
모자 디자인: 재환 & 세아

할머니, 누굴 기다리세요? 하늘색 두건과
베이지색 코트가 완벽하게 어울리는 작은 몸.

도시가 영감을 주는 방식은 정말 다양하다. 파리에서는
맛난 음식을 맛볼 수 있다는 기쁨 하나는 남겨두었다.
루콜라가 들어간 파니니, 그리고 슈퍼마켓에서 파는
샐러드나 초컬릿빵이 정말 훌륭하다.
이탈리아로 넘어갈 때 초컬릿 페스트리를 하나 샀는데,
정말 탁월한 선택이었다.

Milano

밀라노

나를 보는
남자가 한 명도
없다

서울에서 지겨울 만큼 받아왔던 약간의 적의
가 담긴 시선들, 그런 시선을 감당하기 싫어
질 때 사람들은 다른 곳으로 떠난다. 그래서
여행지에서 모두들 철저하게 이방인 놀이를
즐긴다. 외국에서도 내 스타일은 특이했는지
사람들의 시선을 피하기는 어려웠다. 암스테
르담은 담백하게, 베를린은 정직하게, 파리는
흘깃대며 나를 바라보곤 했다. 그런데, 밀라노
에는 나를 바라보는 남자가 단 한 명도 없었다.
살짝 섭섭한 마음이 들 정도로.

밀라노의 패션 피플과 일렉트로니카 뮤
지션들이 즐겨 찾는다는 클럽 플라스틱(Club

클럽 플라스틱
아무도 나를 쳐다보지 않아,
그래서 나도 그들을 편하게
대할 수 있었어.

Plastic)에서 그야말로 타인의 시선에서 완벽
하게 자유로운 사람들을 만날 수 있었다. 남
자, 여자, 게이, 레즈비언이라는 성정체성에
서도, 날씬하다, 뚱뚱하다 혹은 잘 생겼다, 못
생겼다라는 몸과 얼굴에 내리 꽂히는 살벌한
시선에서도, 스타일리시하다 만화 주인공처럼
입었다라는 패션에 관한 편견에서도 모두 자
유로웠다. 한데 어울려 각자의 시간을 즐기는
모습이 베를린의 타헬레스 같았다.

　　그 공간에 모인 사람들은 서로의 이야기
에 깊이 공감하고, 또 각자의 편견을 버리기
도 했다. 나는 게이들은 조금 가벼운 사랑을
할 것이라고 오해했다. 그러나 사랑은 누구에

하루의 낮과,

또 하루의 밤.

게나 절실하고 소중하다는 진실 앞에서 이해
받지 못해 늘 힘들어하던 바로 내가 누군가에
게 편견 가득한 시선을 날리고 있었음을 알게
되었다. 우리는 왜 서로가 서로에게 상처를
입히는 걸까? 시선만 교환할 게 아니라, 타인
에게 입을 열고 귀를 열었어야 했을지도 모른다.

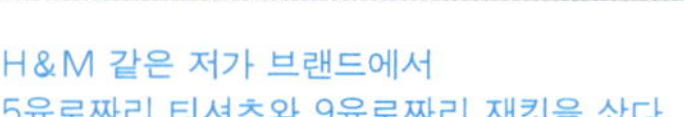

훌륭한 스타일링 완성!!

H&M 같은 저가 브랜드에서
5유로짜리 티셔츠와 9유로짜리 재킷을 샀다.

언제나 색감 좋은 베네통의 2008년 캠페인
마이크로크레딧 아프리칸 워크. 베네통보다
아프리칸 패션의 색감이 좋은 거겠지.

누구든 용기가 안 나서 못하는 일이 있다면
내가 끌고가줄 수 있어.

BERLUSCONI
PRESIDENTE
RIALZATI,
ITALIA !
...ni di libertà.
PARKING
STOP
CASSA
PARCHEGGIO
STOP
CASSA
PARCHEGGIO
PROPRIETÀ
PRIVATA

Color

06

아주 다르게
보이는 것들

1996년 삐삐밴드를 탈퇴하고 일렉드로니카 음악에 심취했던 나는 조금 더 다부진 뮤지션이 되리라는 마음가짐으로 낯선 곳, 나를 반겨주지도 특별히 미워하지도 않는 곳, 그리고 무언가 배울 수 있는 곳으로 가야겠다고 무작정 생각했다. 그렇게 도착한 뉴욕의 종합예술대학 뉴 스쿨(The New school)에서 보이스 트레이닝을 받기 시작했다.

이상하게도 나는 그곳에서 가르쳐주는 보컬(vocal)의 색과 사운드(sound)에서 새롭다거나 에너지가 충전된다거나 하는 느낌을 받을 수가 없었다. 그래서 거리로 나가 나만의 '느낌표'를 찾아 돌아다니기 시작했다. 그때 내 머릿속을 물들인 것은 바로 '색'이었다.

뉴욕의 색. 검정과 흰색만이 존재하던 서울, 다양하게 변주해도 빨주노초파남보 무지개색을 내밀 뿐인 서울에 비해 뉴욕은 그보다 훨씬 다양한 색이 존재하고 있음을 알려주었다. 다양하게 보여준다는 것을 사람들은 늘 '지금까지와는 전혀 다른 것'이라고만 생각한

다. 기존의 것을 엎어버리고 그 위에 새로운 것을 만들어내는 것. 그것만을 크리에이티브하다고 여겨왔구나 하는 생각이 번쩍 들었다.

빨강 하나에도 다양한 종류가 있다. 원래 빨강은 다양했다. 그저 빨강이라고 뭉뚱그려 묶어놓은 것을 자세히 들여다보면 각자만의 개성을 가진 다양한 색들이 튀어나온다. 크랜베리, 체리, 스트로베리와일드, 라즈베리, 아토믹레드, 블러드오렌지 등등. 디테일한 차이를 인정하는 것, 억지로 묶어놓지 않는 것, 그게 빨강의 다양성을 감지할 수 있는 방법이

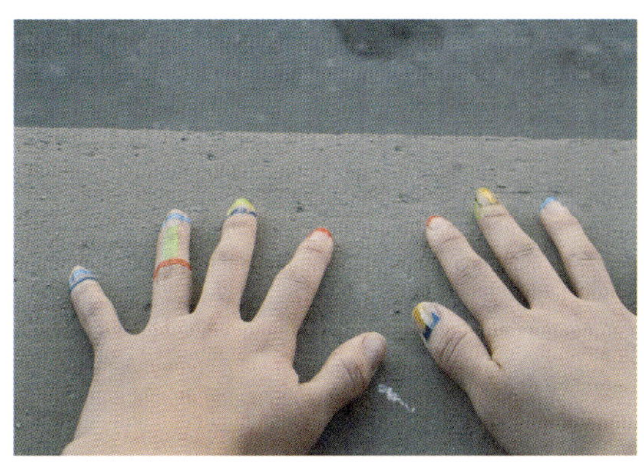

다. 어떤 빨간 공간에 있느냐에 따라 심지어
는 하늘의 색마저도 달라 보인다.

　"너는 너무 빠르고, 너무 과도했어"라는
말을 자주 들어왔던 내가 오히려 흑백의 모노
톤이었음을 깨달았다. 같음 속에 우글거리는
수많은 다름을 보지 못한 채, 빨주노초파남보
무지개색 놀이를 하고 있었던 셈이다. 여행은
늘 나에게 색을 던져준다. 그리고 이제는 나도
도시에 내가 가진 색을 놓아본다. 얼마나 잘
어울리나? 도시의 색과 나의 색이.

Amsterdam.
LCA
VALUE

암스테르담

저마다의
색깔

암스테르담, 알버트 키웁스트라트(Albert cupystraat)의 한 게스트 하우스를 예약했다. 레게 머리를 한 40대 후반 러시아 여인이 나를 반긴다. 40대에 나는 이런 모습으로 살 수 있을까 잠시 생각하게 만드는 차림이다.

"한국에서 온다기에 어떤 사람인지 궁금했는데, 와, 정말 스타일리시한 게 딱 내 타입이네."

양 볼에 연방 키스를 날린다. 다짜고짜 물고 있던 입담배를 나한테 건네주는데 이상한 냄새가 나는 것이, 마리화나였다. '윽, 안 돼.'

암스테르담 안녕?

　　대마초나 매춘처럼 우리나라에서는 불법이라며 금지해놓은 것을 합법화한 나라 네덜란드. 마리화나를 피울 수 있는 카페가 길거리에서 버젓이 장사를 하고 있고, 대낮에 속옷만 입은 여인들이 유리창을 두드리는 곳, 암스테르담.

　　술, 마약, 섹스가 범람하는 이 도시에서 나는 나쁜 기운도, 부랑자도, 슬퍼 보이거나 음탕해 보이는 사람도 보지 못했다. 모든 것이 금지된 우리나라 사람들의 얼굴이 오히려 폭력적으로 느껴질 정도였다. 억압의 기억이 사실 마리화나보다 더 강력하고 위험한 것인

이 도시와 내가 믹스앤매치된 기분.

지도 모르겠다. 이 도시에서는 시민들 대부분이 자전거를 이용해 출퇴근을 한다. 쇼핑몰은 오전 11시부터 6시까지만 오픈한다.

그리고 그들의 밤은 11시부터이다. 네덜란드 사람들은 휴식할 수 있는 낮 시간을 세상에서 가장 많이 가진 사람들일 것이다. 또한 어느 누구에게 어떤 질문을 해도, 원하는 답보다 더 많은 것을 얻을 수 있었다. 길을 잃을수록 좋은 이 도시에서 나는 훌륭한 여행 가이드의 꼼꼼한 정보 같은 건 하나도 없이 트램을 타고 중심가에 내렸다.

나는 여길 어떻게 느끼게 될까. 이곳은 나의 어떤 감각을 일깨워줄까. 무슨 색을 갖고 있을까. 나의 색과 어떻게 어울리게 될까. 벽과 하늘, 거리의 사람들. 그들이 저마다 갖고 있던 색깔, 그리고 그 도시에 여기저기 찍어놓은 이윤정이라는 색색의 점들. 암스테르담은 수많은 색깔을 품고 있었고, 그 안에서 정신없이 나만의 색을 발산해내는 내가 마음껏 놀 수 있도록 공간을 열어주었다. 스며들어 사라지지 않도록 배려하면서.

이 도시가 과연 나와 친해질
수 있을 것인가, 이곳저곳에
나를 놓아보기도 한다.

에피소드(episode)

버려진 옷을 리폼해 판매한다. 70년대 조끼에 80년대 스포츠 티셔츠를
덧대기도 하고, 90년대 트레이닝복을 원피스로 만들기도 한다.

물건과 사람을 가장 촉촉하게 만날 수 있는
곳은 바로 시장. 슈퍼마켓에서 최신의
공산품들을 만날 수 있다면, 이곳은 유행보다
생활 쪽에 더 가까운 물건을 만질 수 있고, 또
사람들과 말은 통하지 않아도 마주 보며
눈인사를 나눌 수 있어서 좋다.

정확하게 무엇무엇이라 정리할 수 없는 것들로 오감이
동시에 찌르르하고 울리는 느낌이 가득한 시장.

하늘과 공존하는 법을 잘 알고 있는 도시, 암스테르담.
둘 사이를 걷는 나는 이들과 얼마나 그럴듯하게 어울리고 있을까?

암스테르담에서 만난 시각 대만족 아저씨들.
빨강이 지나치게 눈부셔도, 촌스러운 커플룩
일지라도 당당하기만 하다면 시선을 사로잡는
법. 우리의 시선은 특이하고 아름다운 것보다
당당한 것에 먼저 닿는 것 같다.

거리의 귀염둥이들. 체형은 모두 같지만,
저마다 개성을 마음껏 뿜어내고 있다. 제각각의
색이지만 어울려 있는 모습이 어색하지 않다.

도시에 나의 색을 입히겠다는 강렬한 의지,
그래피티(graffiti). 꼭 클럽에 가지 않아도,
강력한 에너지를 마구 뿜어내는 누군가를
만나지 않아도, 그들이 남긴 열정의 흔적
안에 나를 살짝 끼워넣거나, 따라하거나,
그 다음 장면을 상상하며 연출하는 일만으로
파워 에너지 충전.

사 — 람 — 들 —

암스테르담 사람들의 일상은 어떤 색일까? 우리나라의 슈퍼마켓 수입식료품 코너에 가면, 같은 피클이라 해도, 같은 소스라 해도 나라마다 묘하게 서로 다른 색깔을 품고 있는 게 느껴진다. 그래서 나는 늘 다른 나라 사람들은 어떤 색깔에 둘러싸여 살고 있는지가 그 나라의 유명한 박물관보다 쇼핑몰보다 더 궁금하다.

다른 나라의 사람들은 어떤 환경에서 살고 있는지 스타일리스트라면 점검해볼 필요가 있다고 생각한다. 세계 어느 나라에나 있는 유명한 브랜드의 쇼핑몰보다, 과거 사람들이 이뤄놓은 유산을 보는 것보다 슈퍼마켓과 거리를 도는 일이 내게는 가장 중요하다. 거기에서 받는 오감 자극은 정말 매력적이라 대형 쇼핑몰의 화려한 옷과도 얼마든지 바꿀 준비가 되어 있다.

식품을 제외하고 대부분의 공산품은 세계 어느 나라나 비슷하지만, 그들이 선호하는 것과 진열의 방식은 다르다. 낯선 도시를 여행할 때는 반드시 대형 슈퍼마켓에 들러보자!

Antwer-
pen

안트베르펜

빈티지의

최종
목적지

만약 유럽으로 쇼핑을 가려는 사람이라면, 프랑스와 이탈리아를 돌고 마지막에 벨기에로 가는 게 현명하다. 파리와 밀라노에서 당신이 찜해놓은 것들이 그곳에서 아주 싼 가격을 달고 착하게 앉아 있기 때문이다. 가격만 그런 것이 아니다. 남녀노소를 불문하고 모두 착하다.

안트베르펜에서 머리가 하얗게 센 아흔 살 할머니에게 세 블록이나 뒤에 있는 숙소로 가는 길을 물어봤더니, 두 블록이나 함께하며 벨기에에 대해 이것저것 알려주었다. '와, 뭐 이런 친절함이 다 있대?' 마치 온화한 서포터가 늘 옆에 있는 듯, 불만에 가득 찬 사람들을

발견하기란 쉽지 않은 일이었다.

　벨기에에서의 쇼핑은 수도인 브뤼셀보다 역시 안트베르펜이다. 빈티지 샵들이 격주에 한 번씩 2유로 세일을 한다. 내가 가장 좋아하는 아이템인 가죽 재킷을 2유로에 살 수 있다는 사실은 매우 흥분되는 일이었다.

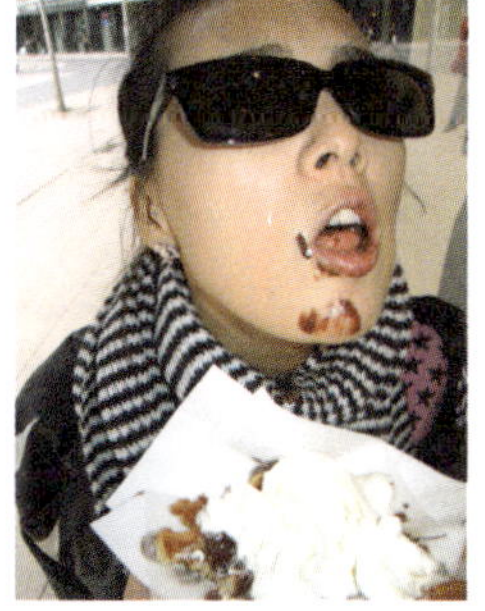

T2(Think 2wice)

빈티지한 옷들을 색깔별로, 종류별로 분류해놓아서 마치 옛날
사람의 옷장에 들어온 듯한 느낌을 주는 곳이다. 한 달에 두 번
2유로 세일을 하는데 브랜드나 품질에 상관없이 한 점당 2유로
이다. 그러나 가게 이름이 Think 2wice(두 번 생각해)인 것을
생각해보면 싸다고 무작정 지르기엔 뭔가 미심쩍은 면도 없지
않다.

누구나 아는 벨기에의 명음식
초컬릿과 와플!!!!
오 마이 갓, 환상적인 달콤함,
따뜻한 질감!! 손가락에 남은
와플의 여운은 걷는 중간중간
와플 가게 앞에 나를 멈추게
했다.

POT
VERHUIZINGEN/LOGISTIEK
AMERSFOORT   UTRECHT   HILVERSUM

Janine Bischops
De
Borstenclub

벨기에는 세계적으로 가장 싸다는 중국음식이 제일
비싸다. 절대 가지말 것! 36유로를 쓴 뒤의 타격.
볶음밥 하나 먹었을 뿐인데.

Return

07

나에게
리턴

나는 유럽을 다니면서 특별한 멋쟁이를 보지 못했다. 이는 그만큼 유별나게 옷을 못입는 사람도 없었다는 뜻이다. 내가 생각하는 옷을 못입는 사람이란 각종 트렌드에 미쳐 그냥 그것을 따라 입는 것 또는 자신의 장단점도 모른 채 브랜드를 정해놓고 그곳에서만 구입해 입는 사람들이다. 유럽인들은 자신에게 스며드는 스타일, 그것을 찾아 입을 줄 아는 사람들일 뿐이다.

이들을 서울에서 만나면 굉장한 멋쟁이처럼 보이기도 하는데, 그건 실제 스타일링을 멋있게 했기 때문이 아니다. 서울에는 그들처럼 내면의 자신감을 자연스럽게 드러내는 사람이 많지 않아서 그들이 신선하고 멋있게 보이는 것이다. 정말 중요한 건 유행이 아니라, 내게 맞는 스타일과 태도를 찾는 것이다. 샵에 가기 전에 옷장을 열어보고, 옷장을 열기 전에 거울을 들여다보자. 거기에 있는 나, 가장 사랑해주어야할 사람이고, 또 바로 내가 스타일을 찾아주어야 할 유일한 사람이다.

Music is — 음악은 치료사

remedy

Just healing

08

너의 일상은
변하지 않겠지

3박 4일 일정의 촬영이 있던 날, 그날도 그랬다. 2주일 정도 미친 듯이 옷과의 전투를 벌이고, 예쁘고 귀엽고 어리고 산뜻한 모델들을 위해 마녀 손가락으로 후다닥 옷을 만들고, 머리를 만지고, 얼굴을 그려내고 그들에게 가장 자신감 있고 힘이 넘치는 무대를 선사해주기 위해 내 혼을 다 빼내던 날.

촬영은 아침 출근의 분주함 속에서 끝났다. 하루를 준비하는 반짝이는 사람들 사이에서 나는 순간이동이라도 하고 싶을 정도로 지친 몸으로 운전대 앞에 앉아 있었다. 자동차 뒷거울에 비친 나는 나이든 한물 간 여자?

자동차 핸들도 못 돌릴 정도로 팔은 저려오고, 두통까지 몰려와 그냥 여기서 잠들어버리고 싶었지만, 이런 감상도 다 사치야 하며 내 모든 에너지를 쏟아낸 날. 일도 일이지만 정작 나는 무대에 서지도 못하면서 뭘 하고 있는 건가 하는 절망감이 육체의 피곤함을 압도하던 그날.

이럴 땐 음악이 최고야. 둥둥 울리는 드럼 소리에 다시 생명을 찾고 앞으로 돌진! 베스 허시(Beth Hirsch)의 「컴어데이come a day」나 들어야지.

돌이켜보니 어릴 때부터 얼굴도 이름도 알지 못하는 사람들로부터 온갖 편견과 오해, 미움을 받은 것 같다. 물론 연예인이라는 이상한 직업을 택한 만큼, 남들보다 훨씬 많은 사랑이나 부와 명예를 얻을 수 있었다는 걸 전제로 한다면 자질구레한 오해쯤은 웃고 넘어가야지 하는 생각도 했다.

어릴 때는 일일이 찾아가 "그렇게 말할 만큼 당신의 삶은 당당한가요?"라고 묻고 싶

Come a Day
Beth Hirsch

Come a day I'll walk this earth
Where steps are taken sure
Come a day though it seems far away
Lines that bind are pure

Had to find it
No way round it
Quick sand had a chance...

So come, come on, come a day
Your eyes are where I'm right at home
Come a day though it seems far away
Stare bears love from stone

Gentleness is what preceeds
Before and past the deed
Unafraid of caves and cobwebs
Shade can fade the hate

Time won't let you deny
Time will kiss you goodbye
We will leave you alone
We will leave you

Time extends you a hand
Time defends your command
We will leave you alone
We will leave you

So come a day
So come a day
So come a day

었지만, 이제는 음악의 볼륨을 키운다. '나는 그냥 재미있고 유쾌한 무대가 좋았을 뿐, 그 무대에 그렇게 심각한 담론이나 속사정이 있었던 건 아니거든. 에라, 모르겠다.'

이럴 땐 '에라.. 모르겠다'가 최고 아니겠어? 이렇게 절망적인 생각들이 밀려올 때 부산스럽게 상처를 일일이 마주하면서 소독약 찾아 바르고, 꿰매는 것보다 더 간단하면서도 특별한 치료법이 있다. 그 기분에 딱 맞는 음악을 찾아 단 몇 분만이라도 집중해서 듣는 것. 타인의 오해와 관계 속에서의 불편함이 리듬 사이로 씻겨 나가는 순간, 역시 음악만한 것이 없구나 하는 생각이 든다.

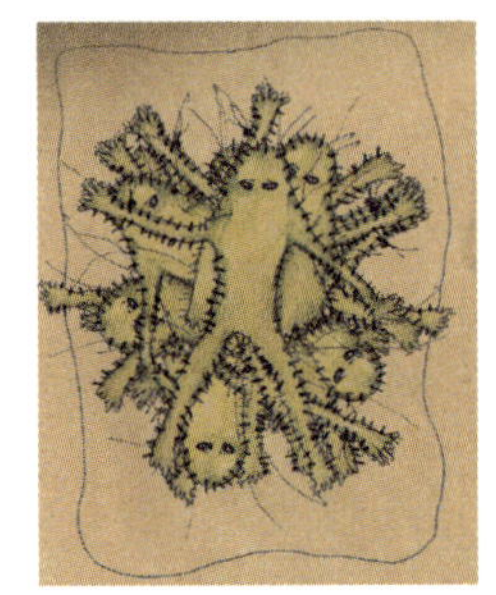

Paninaro
Pet Shop Boys

Passion and love, sex, money,
Violence, religion, injustice, death

Paninaro, paninaro, oh oh oh

Girls, boys, arts, pleasure
Girls, boys, arts, pleasure

Paninaro, paninaro, oh oh oh
Food, cars, travel, food, cars, travel, travel
(travel travel)
New york, new york, new york,
New york

Paninaro, paninaro, oh oh oh

Armani, armani, a-a-armani, versace, cinque

Paninaro, paninaro, oh oh oh
Paninaro, paninaro, oh oh oh (#2)

(I dont like country & western
I dont like rock music
Ehm, I dont like, I dont like rockabilly
- rocknroll in particular -
I dont like much, really, do I?
But what I do like, I love passionately)

Paninaro, paninaro, oh oh oh
Paninaro, paninaro, oh oh oh (#2)

You! you're my lover,
You're my hope, you're my dreams, my life
My passion, my love, my sex, my money,
Violence, religion, injustice and death

열 개의
알약

Cyndi Lauper / 신디 로퍼 /
Girls Just Want to Have Fun

삐삐밴드 시절 '신디 로퍼 같아!'는 말을 많이 듣곤 했다.
난 그 말이 참 싫었다. 못생긴데다 엽기스러운 느낌 때
문이었다. 세월이 지나 재작년쯤에 우연히 이 노래를 다
시 듣게 되었는데 어쩌나 공감이 가는지 그녀의 이미지
와 곡 그리고 가사들을 찾으며 새삼 즐거웠다. 2008년
56세의 나이로 새롭게 일렉트로니카에 도전한 그녀의
모습에 왠지 모르게 빙긋 웃음이 나온다.

Kap Bambino / 캡 밤비노 /
New Breath

신난다는 기분은 미쳐버릴 것 같은데 어찌할 줄 모르겠
는, 마치 급한 걸 참다참다 화장실 문을 열기 직전의 그
런 느낌과도 흡사하다. 몸을 가누지 못할 정도로 방방
뛰며 머리를 흔들고 나면 3, 4분 만에 온통 땀범벅이 되
어 바닥에 쓰러져버린다. 예뻐 보이지 않아도 되는 그들
의 음악이 좋다.

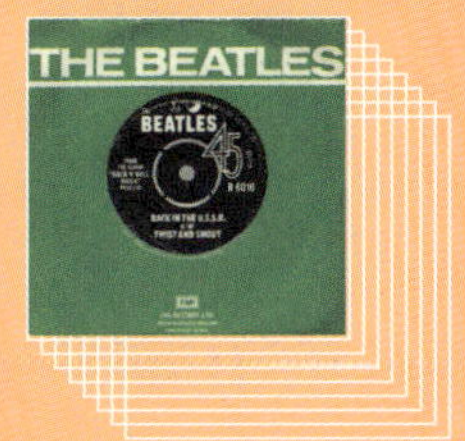

Beatles / 비틀즈 /
Back in the USSR

비틀즈를 들으며 활주로에 선 나를 상상한다. 내 머리 위로 거대한 100톤짜리 비행기가 쌩하고 지나간다. 아찔히다. 머리 위로 스치듯 지나가는 비행기를 바라보며 흐뭇한 미소가 흘러나온다.

Le Tigre / 르 티그래 /
I'm So Excited

가볍고 발랄하고 신나고 사랑스러운 연인들이 강강수월래를 하며 연신 뽀뽀를 날린다. 해맑고 간지러운 웃음소리가 쨍쨍하게 흘러나오면 귀여운 그들의 퍼포먼스가 이어진다. 중간에 레게로 변환되는 부분은 괜히 쑥스러운 기분이 들게 만든다.

Klaxons / 클락슨스 /
Golden Skans

뮤직비디오를 보고 첫눈에 그들이 예사롭지 않음을 느꼈다. 사운드와 비주얼의 적절한 조화 그리고 기발한 상상력의 애니메이션 한 편을 보는 듯한 묘한 스릴까지 느껴진다. 이 시대와 가장 잘 맞는 뮤지션이 아닐까 하는 생각이 들 정도이다. 쎈 기운을 주는 매력.

윤정's tip　01

Simian Mobile Disco / 시미안 모바일 디스코 /
It's the Beat

색에 심취한 나는 종종 유튜브(youtube.com)에서 웹서핑을 하며 최근 어반 뮤직비디오(urban music video)를 찾아보곤 하는데 우연히 발견한 이 비디오를 보며 즐거운 비명을 질렀다. 몇 분 동안 내가 느꼈던 생각과 기분을 재밌는 콩트로 꾸며놓은 듯했다. 흑백으로 된 세상에 살던 어떤 이가 색과 만나다가 다시 다른 흑백의 방에 사는 친구의 방으로 넘어간다는 내용인데 꼭 찾아서 보길 바란다.

The strokes / 스트록스 /
Mercy Mercy Me(the ecology)

사랑하는 사람을 만난 지 얼마 안 되어 그의 홈페이지에 갔을 때 흘러나오던 곡. 마음이 울렁이고 벅차오르며, 그가 너무 보고 싶어 3시간을 반복 재생하며 들었다. 다시 들을 때마다 그때의 감정이 떠올라 애틋함에 기분이 좋아진다. 잔잔하고 섹시한 스트록스의 보이스가 그가 내게 전해주는 메시지처럼 느껴지기도 한다.

Peaches-Iggy Pop / 피치스-이기팝 /
Rock Show

피치스는 말 그대로 상큼한 아가씨처럼 귀엽게 조잘거리는 음악이 대부분인데, 이기팝과 함께 한 'rock show'라는 곡에서는 돌진히는 순진한 아가씨로 변신한 것 같다. 용기내어 rock show!를 외치며, 헤드뱅잉을 하면 엔돌핀이 끓어오르는 것을 느낄 수 있다.

Fratellis / 프라텔리스 /
Chelsea Dagger

우울할 때 누군가 메신저로 이 곡을 보내주었다. 그냥 책상에 엎드려 아주 성의 없게 마우스를 움직이다가 번쩍 자리에서 일어나게 되었다. 그러고 나서 몇 분 뒤 눈이 말똥말똥해져 미뤄놓았던 일들을 가뿐하게 해낼 수 있었다. 따라땃, 따라땃! 힘찬 하루를 시작하기 좋은 음악.

EE / 이이 /
Curiosity Kills

일렉트로니카 음악을 기반으로 하지만, 장르에 구애받지 않고 원하는 사운드를 자유롭게 표출했다. 무겁지 않은 적당히 키치스러운 것을 좋아한다면 귀가 울릴 정도로 크게 틀어보자. 당신의 머릿속이 즐거운 자유로 꽉 차게 될지도 모른다.

LOVE

Love is — 사랑하는 사이

relationship

All
I need

내가
원하는 사람

바로
당신 같은 사람

헤어짐을 염려하지 않고, 미래에 대한 불안도 없고, 상대방의 부모님이 어떤 사람인지 고민하지 않는, 설령 그에게 이해하기 어려운 취미가 있다 해도 상관없이 그리고 조건 없이 사랑하고 싶다. 딱 나와 같은 사람과 나만큼 열심히, 그리고 미친 듯이 일 분 일 초를 애절하게 느끼며 서로를 격려해줄 수 있는 사람. 삶이 지치고 일이 고되고 내가 쓸모없다 느껴질 때, 꼭 옆에 앉혀두고 그 어깨에 기대지 않아도 존재만으로도 서로에게 힘이 되어준다면 그것만으로도 사랑의 완성이 아닐까.

　　헤어질까봐, 신분의 차이가, 나이의 차이가, 국경의 차이가, 인종의 차이가, 그리고 빈부의 차이가 두려워 사랑을 할 수 없다면, 이 세상에서 사랑은 사라져버리지 않을까. 내게 주어진 시간은 백년도 채 안 되는데 지금 내게 찾아온 사랑에 미친 듯이 열광하고, 헤아릴 수 없을 만큼 벅차하고, 또 과감해지는 게 행복해지는 방법이다. 똑똑하고 살뜰하게 사랑하라지만, 그렇게 해서 얻어지는 사랑의 감정에 우리는 얼마만큼 또 공허해질까. 생을 느끼기 위한 감정들 앞에서 재지 말고, 두려워하지 말자. 삶의 무게만큼 생각하고 또 생각하고, 물러서고 또 물러서겠지만 그만큼 잃어버리는 것도 있음을 기억해보자.

　　서로가 서로에게 이 세상에서 당신이 가장 큰 사람이라고 말하는 관계, 정말 그렇게 믿고 존중하는 관계가 가장 큰 보물이다. 내가 몰랐던 것을 알려주어 감사하다고, 그리고 당신이 모르는 이야기를 즐겁게 들어주어 감사하다고 이야기하는 관계. 사랑하는 사이.

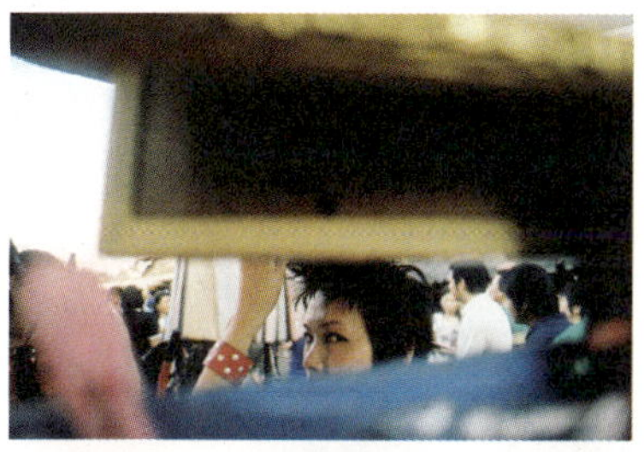

TATTO

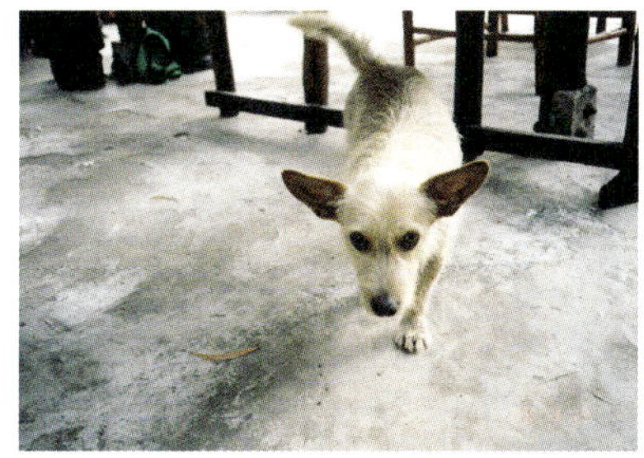

Epilogue

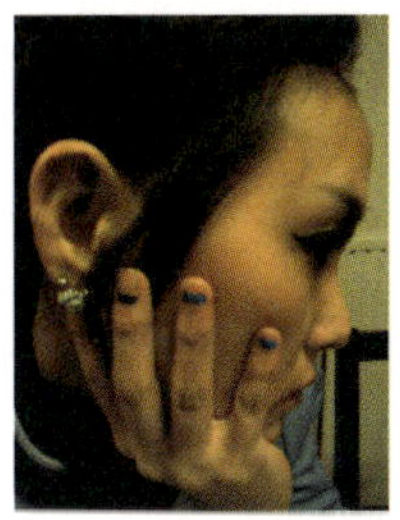

이제
너의 재능이 새로운 것이 되었다면
너는 몇몇 안 되는 지지자와
수많은 적을 가지게 되겠지.

그러나 실망하지마.
지지자들이 승리하니까.
왜냐하면 그들은 왜 자신이
너를 좋아하는가를 알고 있거든.

하지만 적들은 네가 왜
자신들의 마음에 거슬리는지
알지 못해.

그들은 지속적인 정열 없이
바람 부는대로 흘러갈 뿐이지.

자, 이제 생각해봐.

너의 재능이 세상을 어떻게 변화시킬 수 있는지를...

나의 카미유 클로델